KB059245

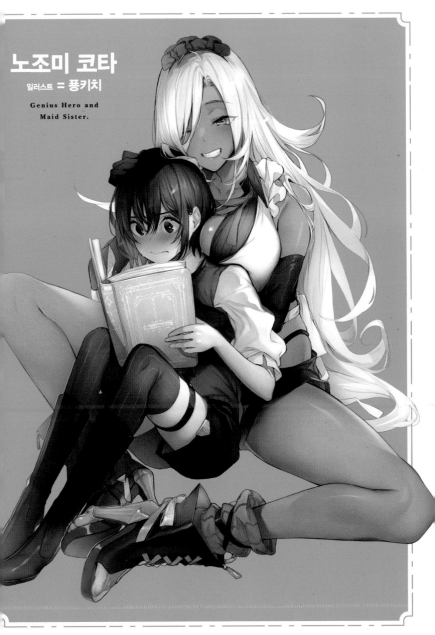

노조미 코타

일러스트 = 퐁키치

Genius Hero and
Maid Sister.

신동용사와 메이드 누나 { Presented by Kota Nozomi
Illustration = pyon-Kti } 4

"으아아아앙! 이브러스 너무해!"

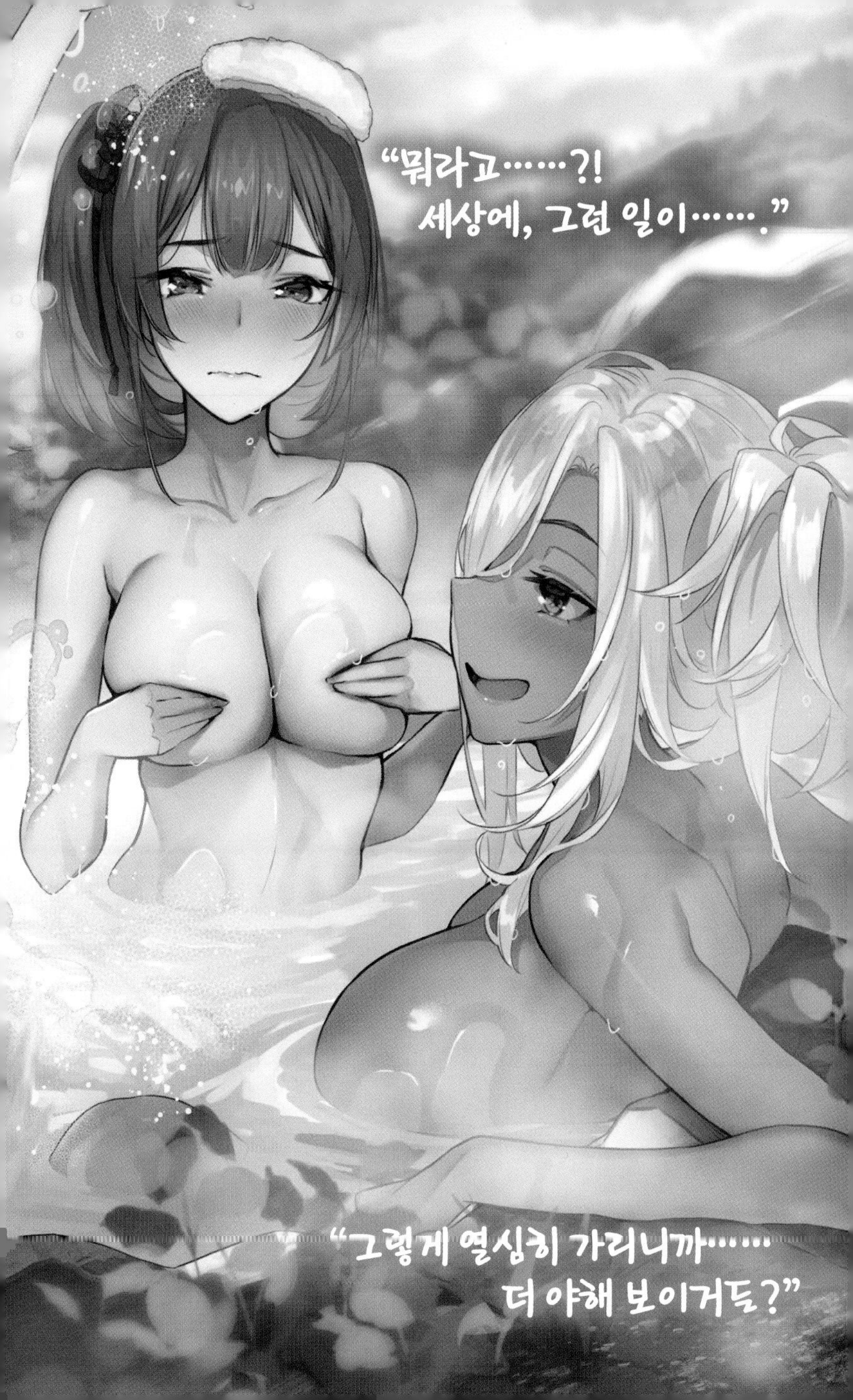
“뭐라고……?!
세상에, 그런 일이…….”
“그렇게 열심히 가리니까……
더 야해 보이거든?”

그녀는── 춤을 추고 있었다.
달빛 아래에서, 혼자서 춤추고 있었다.
처음 보는 춤이다.

때로는 부드럽게, 때로는 거칠게.
마치 마음이 이끄는 대로 팔다리를 움직이는 것처럼──

마침내 구름이 걷히고, 반쯤 숨어 있던 달이 드러났다.
오늘 밤은 보름달이었다.

CONTENTS

Genius Hero and Maid Sister.4

Presented by Kota Nozomi / Illustration = pyon-Kti

신동용사와
메이드 누나

Genius Hero and Maid Sister

본문, 컬러일러스트 풍기치

로가나 왕국 서부, 엘트 지방.

사람들이 사는 곳에서 멀리 떨어진 숲속에는 커다란 저택이 있다.

시온 터레스크── 예전에 세상을 구했지만 어떤 사정 때문에 사람들과 떨어져 살 수밖에 없는 전직 용사가, 지금은 그런 변경에서 살고 있다.

소년과 함께 사는 것은 네 명의 메이드.

아르셰라.

페이나.

이브리스.

나기.

아름다운 외모를 지닌 네 명의 메이드── 그녀들 또한 각자의 사정 때문에 고향이나 가족을 잃고 시온에게 그 한 몸을 맡기게 되었다.

전직 용사인 소년과 네 명의 메이드.

하나같이 비통한 과거를 지녔고 밝은 세상에서는 살아갈 수 없는 자들.

이 세상 어디에도 갈 곳이 없어서, 다른 사람들과 멀리 떨어진 숲속에서 서로의 상처를 위로하는 것처럼 서로 기대가며 하루하루를 살아간다.

세상에서 손가락질당하는 자들은, 지금──

"좋았어, 이거야아아아! 봤냐, 내 압도적인 운을!"

"으에에?! 치사해, 치사해, 그거 진짜 치사해! 으아아아아앙! 한 판 더! 한 판 더 해, 이브리스!"

저택의 한 방.

시온이 홍차를 즐기는 옆에서 시끄러운 목소리가 울린다.

보아하니 이브리스와 페이나가 트럼프 놀이를 하고 있는 것 같았다.

하지만 테이블 위에 널려 있는 돈이나 상당히 진지한 얼굴로 카드를 뚫어져라 쳐다보고 있는 두 사람의 표정을 보면 단순한 놀이는 아닌 것 같지만.

"……뭐 하는 거야, 저 녀석들은?"

"급여를 걸고서 놀고 있는 것 같네요."

시온의 질문에, 옆에 서 있던 아르셰라가 대답했다.

이 저택에서 일하는 메이드 네 명에게는 매달 시온이 급여를 지불하고 있다.

시온까지 포함한 다섯 명이 의논해서 정한 금액인데—— 솔직히 말해서 그다지 큰 금액은 아니다.

어린애 용돈, 이라고 할 정도로 적은 것도 아니지만…… 기껏해야 어른의 용돈 수준이다.

시온으로서는 좀 더 줘도 좋겠다고 생각하는 중이고, 페이나와 이브리스는 더 많은 금액을 요구했지만, 저택 전체의 재정을 고려하는 아르셰라와 절약과 검소함을 미덕으로 여기는 나기가 그것보다 적은 금액을 요구했기 때문에, 협의를 거쳐서 지금의 금액으로 정해졌다.

뭐, 이 저택에서 사는 이상 기본적으로 의식주와 관련된 금액은 전부 시온이 부담하기 때문에, 급여가 조금 적다고 해도 그녀들이 먹고사는 데는 전혀 부족함이 없다.

급여는 어디까지나 메이드들이 자신의 취미나 기호를 위해서 사용하는 돈이다.

'……급여로서 지불한 이상, 그 돈을 어떻게 쓰는지까지 참견할 생각은 없다.'

어떻게 쓰던 본인들의 자유.

그걸 어디에 썼는지까지 따지고 참견하고 따지는 것은 주인으로서 해도 되는 일의 범위를 넘은 짓이겠지.

시온은 그렇게 생각하고 있다.

생각은 하는데——

"자, 두둥! 안 됐습니다!"

"으아아아아앙! 이브리스 이 바보야아!"

눈앞에서 당당하게 도박을 하고 있으면, 아무래도 한마디쯤 해주고 싶어지게 된다.

'어떻게 할까……'

시온은 복잡한 기분이 들었는데, 그런 시온에게,

"흐에에에엥, 시 님…….'

페이나가 울면서 다가왔다.

"이브리스한테 이번 달 월급 다 뺏겼어…….'

"대체 무슨 짓을 한 거야……?"

"난 하기 싫다고 했는데, 이브리스가 억지로……."

"……내가 처음부터 보고 있었는데, 네가 먼저 신이 나서 하자고 했던 것 같은데?"

"그게, 그게 말이야…… 왠지 오늘은 이길 것 같았거든."

"……뭐, 노름에 빠진 사람들은 거의 그렇게 생각하겠지."

한숨을 쉬는 시온.

"뭐야, 졌다고 피해자 행세하지 말라고. 지난달에는 페이나가 이겼으니까, 이걸로 서로 비긴 거잖아?"

"아니거든! 이렇게까지 탈탈 털린 건 아니었거든!"

이브리스에게 반론한 뒤에, 다시 울면서 시온에게 매달렸다.

"아으, 시 님…… 다음 달 월급, 가불해줘요."

"결국 그런 얘기냐……."

한심하다고 생각하며, 시온이 한숨을 쉬었다.

어떻게 대답해야 좋을지 고민하고 있는데,

"안 돼요, 페이나."

기선을 제압하려는 것처럼, 아르셰라가 먼저 말했다.

"급여 가불이 허락될 리가 없잖아요? 게다가 도박 때문에 날린 돈을 메우기 위해서라니…… 부끄러운 줄을 아세요."

"뭐야…… 아르셰라한테 물어본 건 아니거든."

"당신들의 교육도 메이드장인 제 일이니까요. 돈을 우습게 아는 저속한 행동에 대해서는 확실하게 조교해야겠군요."

"……우습게 아는 거 아니거든, 그냥 가불만 하는 거거든."

"같은 얘기예요. 자업자득이니까 열심히 반성하세요."

"너무해~~……"

정곡을 찌르는 말을 듣고 볼이 퉁퉁 부은 페이나.

"괜찮지 않아. 급여를 어디에 쓸지는 개인의 자유니까."

시온이 말했다.

"이번만이다, 페이나."

"진짜?!"

얼굴에 희색이 가득한 페이나와 "그래"라고 말하며 고개를 끄덕이는 시온.

원래 가불 정도는 허락해줄 생각이었다.

하지만 너무 쉽게 허락하는 건 좋지 않을 것 같다고 생각했는데,

'아르셰라가 확실하게 한 마디 해줬으니까.'

메이드장이 채찍 역할을 맡아줬으니 자신은 당근을 주도록 하자.

"와~ 시 님 너무 좋아!"

"정말이지, 시온 님은 정이 너무 많으시다니까요……"

두 손을 들고 기뻐하는 페이나와 한심하다는 표정의 아르셰라.

일단 이야기는 마무리됐다.

그렇게 생각했는데——

"좋았어 이브리스! 가불도 해준다는 것 같으니까 한 번 더 하자! 판돈은 더블로 가는 거야! 잃은 돈 전부 다 찾아올 거라고!"

"아니아니아니, 자자자자잠깐만!"

의기양양하게 승부하던 곳으로 돌아가려는 페이나를 황급히

붙잡는 시온.

"뭐야~ 왜요 시 님? 기껏 투쟁심에 불이 붙었는데?"

"……너, 너 말이야, 무슨 짓을 하려는 거냐?"

"뭐긴, 잃은 돈 찾아오려는 건데?"

아주 당연하다는 것처럼 대답하자 시온은 골치가 아파왔다.

"노름으로 잃은 돈은 노름으로 찾아온다. 상식이거든."

"……그건 완전히 인생 막장에 빠져버린 인간의 상식이다."

"급여를 어디에 쓸지는 우리 마음대로잖아? 그럼 가불한 돈을 어디에 쓰는지도 내 자유겠지?"

"그러니까 너…… 그러니까, 뭐라고 할까…… 좀 더, 그…… 아~ 됐다, 됐어. 마음대로 해라."

돈을 달라고 할 때는 그렇게 아양을 떨더니, 준다고 하자마자 바로 건방진 태도로 돌아갔다. 시온은 그런 페이나한테 한마디 해주고 싶은 기분도 치밀어 올랐지만, 중간에 다 귀찮아져서 그냥 포기해버렸다.

"……아르셰라, 네 생각이 옳았던 것 같다."

"시온 님의 심중, 헤아리고도 남습니다."

깊은 한숨을 쉬는 시온과 동정하는 말을 해주는 아르셰라.

페이나는 그런 두 사람을 무시하고, 다시 이브리스와의 승부에 빠져들었다.

그때, 일이다.

"다녀왔습니다."

장보러 났던 나기가 돌아왔다.

"나기, 수고했어~. 어때? 나기도 같이 한 판 해볼래?"

"흐음."

페이나가 권했고, 나기는 잠깐 생각하는 것 같더니,

"그렇군. 가끔은 나도 어울려볼까."

라고 말했다.

"뭐? 진짜?"

"뭐냐 페이나. 네가 먼저 말하지 않았나?"

"아니, 내가 말을 하기는 했지만, 나기는 고지식하니까 도박 같은 건 안 할 줄 알았거든."

"딱히 좋아하는 건 아니지만…… 그렇다고 싫어하는 것도 아니다. 예전에는 일족 사람들과 자주 했었지. 그냥 어울리는 정도였지만."

나기는 그렇게 말하면서, 페이나와 이브리스가 들고 있는 카드를 봤다.

"그 패는 트럼프, 라고 하는 것인가?"

"어라? 나기는 트럼프 몰라?"

"거의 만져본 적이 없다."

"그럼 포커 규칙은……."

"전혀 모른다."

"그렇구나…… 그, 그럼 꼭 하는 게 좋아!"

페이나가 갑자기 큰 소리로 말했다.

"정말 재미있으니까! 규칙은 내가 다 가르쳐줄게! 괜찮아, 괜찮아. 나기라면 금세 배울 수 있어! 돈도 말이야…… 조금, 아~주

조금만 걸어보자! 그쪽이 더 진지해져서 게임이 재미있어지니까!"

표정이 점점 절박해져 간다.

'……완전히 뜯어먹을 셈이구나.'

마음속으로 한숨을 쉬는 시온.

친절한 마음으로 얘기하는 것처럼, 초보자를 봉으로 삼아서 뜯어먹으려는 꿍꿍이가 너무나 뻔히 보이고 있다.

계속 지고 있는 탓에 여유가 없어진 것 같다.

나기 쪽은 그런 꿍꿍이는 알지도 못하는 것처럼,

"그렇군, 페이나는 친절하구나."

그렇게 말하면서 가르침을 청하고 있었다.

페이나는 완전히 신이 난 얼굴로 포커 룰을 설명했다.

"──그래서 말이야 이렇게, 이렇게 해서, 이렇게 족보가 만들어지면 이기는 거야."

"흐음. 그렇군. 화투 같은 것인가."

나기는 흥미롭다는 것처럼 고개를 끄덕였다.

그런데.

"대충 알겠다. 그런데 페이나."

대략적인 규칙 설명이 끝났을 때, 나기가 말했다.

"그 포커, 라는 놀이는…… 서로가 자기 패를 숨긴 채, 허세와 속임수 등을 부리면서 판돈을 올려가는 과정을 즐기는 것인가?"

"응."

"그렇다면── 상대가 가지고 있는 카드의 종류를 알고 있으면 승부 자체가 성립되지 않을 텐데?"

"뭐?"

깜짝 놀라는 페이나.

그 뒤쪽에서…… 이브리스가 움찔, 하더니 몸이 굳어졌다.

"무슨 소리야 나기? 다른 사람 카드를 어떻게 알아."

"그, 그, 그래, 맞아! 페이나 말이 맞아! 무슨 소리야 나기!"

이상하다는 것처럼 말하는 페이나와 엄청나게 당황하는 이브리스.

하지만 나기의 태도는 변함이 없다.

"아니, 알 텐데."

그렇게 말하고, 카드 몇 장을 집었다.

"얼핏 보면 전부 똑같이 보이지만…… 이 오른쪽 구석에 있는 작은 별 무늬가 카드마다 전부 다르다. 별이 빠진 부분으로 종류를 알 수 있게 되어 있군."

카드 몇 장을 앞뒤로 뒤집어보며 확인하고, 나기가 정말 이상하다는 것처럼 말했다.

"이렇게 어떤 패인지 알 수 있으면, 당연히 상대의 족보도 알 수 있다. 그런 상태에서 내기를 해봤자 재미있을 리가 없을 것 같다만……."

"…………."

넋이 나가버린 페이나.

그 뒤에서 이브리스가 '으아~'라고 말하는 것처럼 이마에 손을 대고 있었다. 그대로 조용히 도망치려고 했지만── 페이나가 덥

벼들었다.

"이~브~리~스~! 너, 그랬단 말이지!"

"무, 무슨 소리야……."

"이상하다 싶었어! 이브리스가 오늘따라 갑자기 새 카드를 준비하더라니!"

흥분한 페이나와 떨떠름한 표정으로 눈을 피하는 이브리스.

아무래도 사기를 친 것 같다.

이브리스가 준비한 트럼프가 뒷면의 무늬로 어떤 패인지 알 수 있는 것이었다.

페이나는 지금 이 순간까지 그런 줄도 모르고 게임을 플레이했던 것 같은데, 규칙을 설명하는 중에 나기가 알아차리고 말았다.

관찰력―― 이라기보다는 편견이 없기 때문이겠지.

트럼프라는 것을 잘 모르는, 텅 빈 상태에서 배우려고 했기 때문에 뒷면 무늬라는, 보통은 신경도 쓰지 않는 것을 알아차릴 수 있었다.

'그리고 보니 이브리스 저 녀석…… 페이나가 나기한테 같이 하자고 했을 때부터 말수가 급격하게 줄었지.'

새로 들어온 사람 때문에 사기가 들킬 수도 있다고 걱정했겠지. 하지만 억지로 막으면 되레 수상해 보이기 때문에 그냥 조용히 있었던 것 같다.

"……쳇. 들켰으니 어쩔 수 없지."

처음에는 잡아떼려고 했지만, 이브리스는 의외로 일찌감치 포기했다.

"사기라는 건 말이야, 속는 놈이 바보라고!"

"뭐라고! 그렇게 정색해봤자 소용없거든! 아까까지 승부한 건다 무효야! 내 돈은 다 돌려줘!"

"흥. 원래 먼저 사기 친 건 페이나 너잖아! 지난달 승부…… 손목에 발라놓은 향수 냄새를 카드에 묻혀서 냄새로 구분하는, 그런 쪼잔한 짓을 했었잖아."

"그, 그건 사기 아니거든! 우연히 향수 냄새가 묻어서 그런 거거든! 혹시나 내가 냄새로 구분했다고 해도, 전부 우연이니까 완전 합법 사기거든!"

"그런 우연이 세상에 어디 있어! 평소에는 향수 같은 건 쓰지도 않는 주제에!"

시끄럽게 말다툼을 벌이는 두 사람.

'둘 다 똑같네……'

시온이 살짝 한숨을 쉬었다.

그 때 나기가 약간 곤혹스러운 표정을 지으면서 시온 쪽으로 다가왔다.

"왠지…… 제가 지뢰를 밟은 것 같군요."

"신경 쓰지 마. 넌 아무 잘못 없으니까. 맞다, 나기. 기껏 포커하는 방법을 배웠으니까, 나랑 아르셰라하고 같이 해볼까?"

"괜찮겠습니까?"

"그래."

"좋네요. 그럼 제가 트럼프를 가지고 오겠습니다. 뒷면에 장난치지 않은 평범한 걸로."

"부탁할게. 내기 없이, 즐겁게 놀아보자고."

시온의 제안으로 셋이서 포커를 하기로 했다.

아르셰라가 트럼프를 가지고 왔고, 각자에게 카드를 나눠줬다.

"그러니까……."

"왜 그래 나기?"

"일단 필요 없는 카드를 한 장 버리면 되는 거예요."

"그렇, 습니까……?"

자기 패를 보며, 나기가 곤란한 표정으로 말했다.

"버릴 카드가 없을 때는, 어떻게 하면 좋습니까?"

"……뭐?"

순간적으로 굳어져 버린 시온.

"나, 나기…… 잠깐 카드 좀 보여줄 수 있을까?"

"예."

나기가 별일도 아니라는 것처럼 카드를 보여줬고── 시온은 깜짝 놀랄 뻔했다.

그 카드는──

하트 1, 2, 3, 4, 5.

"이건 아마도…… 스트레이트 플러시라는 족보였지요?"

"그, 그래 맞아."

어색하게 고개를 끄덕이는 시온.

'첫판부터 스트레이트 플러시라니…….'

스트레이트 플러시는 포커의 족보 중에서도 상당히 강한 것이다.

성립하기 위한 조건이 상당히 까다로울 텐데…… 설마 그게, 태어나서 처음 포커를 해보는 사람의 첫 번째 패에서 나올 줄이야.

"……아르셰라, 혹시 무슨 짓 했어?"

카드는 아르셰라가 나눠줬다.

처음 해보는 나기를 위해서 립 서비스 같은 의미로 좋은 카드를 선물해줬을 가능성도 있을 것 같아서 물어봤더니,

"……아뇨, 저는 아무것도."

아르셰라는 아무 짓도 안 했다는 것 같다.

그리고 놀란 얼굴이고.

처음부터 스트레이트 플러시가 나온 건, 아무래도 그냥 나기의 운 때문인 것 같다.

"나리마님…… 이건, 뭔가 좋은 족보입니까?"

"그래…… 아주 센 족보야. 카드를 바꾸지도 않았는데 바로 스트레이트 플러시가 나오다니, 꽤 대단한 일이야."

"처음부터 족보가 만들어져 있었다…… 즉, 화투로 치자면 처음부터 같은 무늬의 패 네 장을 전부 가진 「총통」 같은 것입니까?"

"……아, 아마 그렇겠지."

시온도 동방의 섬나라에 화투라는 카드가 있다는 정도는 알고 있지만, 그 게임의 규칙까지 알고 있는 건 아니다.

"점수로 따지자면, 몇 점 정도가 될까요?"

"아니, 포커 족보에는 점수가 없어. 그냥 족보가 높은지 낮은지가 있을 뿐이고…… 그리고 그 족보를 보고 어떻게 승부를 하나

갈지, 그걸 즐기는 게 포커의 재미야."

"흐음."

"처음부터 스트레이트 플러시가 나왔다는 걸 보고 엄청나게 운이 좋다고 생각했는데…… 냉정하게 생각해보니 꼭 좋은 일은 아닐 수도 있겠는데."

"그렇습니까?"

"족보를 지키고 싶다면 카드를 교환하지 않고 넘어가면 되는데…… 그렇게 되면 상대한테 '나는 강한 족보를 가지고 있다'고 가르쳐주는 게 되니까. 그렇게 되면 상대는 일찌감치 승부를 포기하게 되지. 상대가 포기해버리면 기껏 만든 강한 족보도 다 소용없는 일이 돼버리고."

"하아~ 그렇군요."

"반대로 말하자면 처음부터 족보가 완성되지 않았어도, 허세나 거짓말로 상대가 포기하게 만들 수도 있어. 그런 심리전도 포커의 재미니까."

"꽤나 깊이가 있는 놀이군요."

감탄한 것 같은 표정을 짓는 나기.

"그나저나 대단하네. 갑자기 스트레이트 플러시가 튀어나올 줄은 몰랐어."

"……그러고 보니 나기는, 내기에 강했었죠."

아르셰라가 갑자기 생각났다는 것처럼 말했다.

"마왕군에서는 사로잡은 마수들을 싸우게 해서 어느 쪽이 이길지를 걸고 즐기는 악취미라고 해야 할 것 같은 행사가 있었고, 나기도 어쩌다 보니 거기에 참가한 적이 있었는데…… 거기서 지는 모습을 한 번도 본 적이 없는 것 같아."

"그, 그랬어?"

"아뇨, 우연입니다. 그저 운이 좋았을 뿐입니다."

나기가 겸손하게 말했다.

"내기 자체는 조국에 있던 시절부터, 사람들과 어울리기 위해서 하는 정도였고……."

"고향에서는, 잘하는 편이었어?"

"글쎄요? 잘 모르겠습니다. 저와 싸운 상대는 어째선지 매번 '다시는 너랑은 내기 안 한다'고 말하면서 가버렸으니……. 그래서 내기를 해본 횟수 자체가 적어서, 잘하는지 아닌 지도……."

"…………."

"사람들을 따라서 도박장에 갔다가, 다시는 오지 말라는 말을 들은 적도 있습니다. 저는 아무것도 잘못한 게 없는 것 같습니다만…… 정말 신기한 일입니다."

"…………."

'본인이 모를 뿐이지, 나기한테 엄청난 도박에 대한 재능이 있는 게 아닐까…….'

과연 이 재능을 깨닫게 해줘야 할까 말아야 할까.

그런 생각을 하고 있는데,

"……저기요~ 시 님."

싸우고 있던 페이나가 이쪽으로 와서 말을 걸었다. 바로 뒤에는 이브리스도 있다.

"왜 그래?"

"우리도, 이쪽에 끼워주라."

귀엽게 고개를 갸웃거리면서 말하는 페이나.

"……무슨 꿍꿍이야?"

"꿍꿍이 같은 건 없어. 그냥 왠지, 정말 재미있어 보여서. 싸우는 게 바보 같다는 생각도 들었고 말이야. 그치 이브리스."

"더 싸워봤자 아무 의미도 없으니까."

"……돈은 안 건다?"

"나도 알아!"

"그럼 알아서 하든지."

"와~ 시 님 정말 좋아!"

페이나와 이브리스도 참가해서 다섯 명이 포커를 하기로 했다.

아르셰라가 전원에게 카드를 나눠줬다.

"……그나저나 좀 그러네. 아무 내기도 없이 포커를 하니까…… 왠지 김이 새는데."

"돈은 안 건다고 했잖아."

자기 패를 보면서 힘 빠진다는 것처럼 중얼거리는 이브리스에게, 시온이 그렇게 말했다.

하지만 무슨 말인지는 조금이나마 이해할 수 있었다.

포커는 카드의 족보를 만들어가는 것보다, 족보가 확정된 뒤에 이루어지는 심리전이 진짜 재미라고 할 수 있다. 내기가 없는 포커는 솔직히 말해서 뭔가가 부족한 기분이 든다.

"아. 그럼 말이야, 돈 말고 다른 걸 걸자!"

페이나가 눈을 반짝거리면서 말했다.

"돈 말고 다른 것으로……?"

"예를 들자면…… 옷이라든지?"

"옷?!"

깜짝 놀라서 뿜어버릴 뻔한 시온에게, 페이나가 싱글싱글 웃으면서 말했다.

"진 사람은 옷을 하나씩 벗는…… 한마디로, 탈의 포커야."

"우, 웃기지 마, 그런 짓을, 어떻게 하겠어!"

시온이 그렇게 절규했지만,

"호오. 그거 좋은데. 도박이라는 건 위험이 따라야 재미있는 법이니까."

이브리스는 상당히 마음에든 것 같고,

"하, 한마디로…… 제가 이기면, 시온 님이 옷을 벗으신다는……! 그리고 제가 지면, 제가 합법적으로 옷을 벗고 시온 님께 이 육체를 어필할 수 있다는, 그런……! 어느 쪽이건 천국……?! 대, 대단해…… 이렇게 행복한 승부가 이 세상에 존재했던 거야?!"

아르셰라도 이상한 쪽으로 마음에 들어 했다.

"자, 다섯 명 중에 세 명이 좋다고 했으니까, 다수결로 결정~."

페이나가 이겼다는 것처럼 큰 소리로 말했다.

"자, 잠깐만, 너희들…….."

시온이 큰 소리로 불렀지만,

"그러니까, 규칙은 말이야."

페이나는 더 이상 듣지 않았다.

"성냥개비 가지고 숫자 계산한다든지 하면 너무 귀찮기도 하고 오래 걸리니까, 그냥 심플하게 가자. 다섯 명이 일제히 패를 보여주고, 그중에서 제일 족보가 낮은 사람이 벗는 거야."

"이봐……."

"아~ 하지만 그렇게 되면 승부가 엄청나게 길어지겠네. 그럼 제일 높은 족보 가진 사람한테 보너스를 주자. 스트레이트 플러시랑 포 카드는 완성된 순간에 그 사람 혼자 이기는 거야. 그리고 그 사람 말고 나머지 사람들은 두 개씩 벗기! 그리고 로열 스트레이트 플러시는…… 완전 대박인 걸로 해서, 그 사람 말고 나머지 사람들이 바로 전부 다 벗는 거로!"

"나, 나는 한다는 얘기……."

"재미있겠는데. 그런 갬블 요소, 난 좋아."

"우후후. 저는 벗는 숫자를 두 배로 해도 괜찮습니다만?"

항의하는 목소리는 완전히 신이 난 세 사람의 목소리에 묻혀버렸다.

'……젠장. 이젠 나도 모르겠다.'

시온은 설득을 포기해버렸다.

이제는 같이 어울려주는 것 말고는 방법이 없겠지.

다행히 규칙도 그렇게까지 비상식적인 것은 아니다. 진 사람만 옷을 조금씩 벗는 방식이라면, 처음부터 큰일이 벌어지지는 않을 테니까.

잠시 어울려주면서 뭔가 타개책을 생각해내면 될 것이다.

"……그래. 알았어, 하자."

"역시 시 님이야, 말이 통한다니까. 그럼 순서대로 하자. 난 말이야, 두 장 바꿀래. 그럼 다음은 나기 차례."

"그러니까."

거기서 나기는 아주 곤란하다는 표정을 지었다.

"조금 전에 설명한 것만 듣고는 잘 모르겠다만…… 그러니까 이 게임에서, 카드를 바꿀 필요가 없을 때는 어떻게 하면 되는 거지?"

그 한 마디에── 모든 사람이 굳어져 버렸다.

"나, 나기…… 일단 패를 공개해봐."

시온이 떨리는 목소리로 말했다.

나기가 공개한 카드를 보고, 모든 사람이 깜짝 놀랐다.

스페이드 10, J, Q, K, A.

틀림없는── 로열 스트레이트 플러시였다.

"…………"

모든 이가 입이 떡 벌어졌고.

나기 혼자만, 눈만 껌벅거리면서 멍한 표정을 지었다.

'여, 역시 나기는…… 뭔가, 뭔가 엄청난 재능을 지니고 있어.'

천운, 엄청난 운, 도박 재능…… 그런 말로밖에 표현할 수 없는 뭔가를 가지고 있다고 생각할 수밖에 없었다.

'……아냐, 아니지! 멍하니 있을 때가 아니야!'

페이나가 즉석에서 만든 탈의 포커의 규칙.

로열 스트레이트 플러시가 나온 경우──

"……후우. 좋아, 벗자."

포기한 것처럼 말한 뒤에, 페이나가 스르륵, 옷을 벗기 시작했다.

"이, 이봐, 페이나."

"하는 수 없지. 내기에 지고서 판돈을 떼먹을 수는 없으니까."

쓸데없이 성실하게 구는 이브리스도 망설임 없이 메이드복을 벗기 시작했다.

"정말이지, 이런 일이 일어나다니…… 이 무슨 행운── 아니, 불행인가요."

아르세라도 원통하다는 것처럼 말하기는 했지만, 입가에는 감출 수 없는 미소가 드리워 있었다.

패배한 메이드 세 명은 시원시원하다고 해야 할 기세로 옷을 벗었다.

벗지 않은 사람은, 시온 뿐──

"자, 시 님. 시 님도 벗어야지."

"우, 웃기지 마, 내가, 왜……."

"승부를 받아들여 놓고서 자기가 지니까 무효라고 하는 건 치사한 짓이야~."

"큭……."

말문이 막힌 시온.

페이나 뒤에서는 이브리스가 나기의 손을 잡아끌고 있었다.

"자, 나기. 승자의 특권이니까, 네가 도련님 옷 벗겨."

"무, 무슨 소리냐 이브리스! 웃기지 마라…… 나리마님께 그런 만행을 저지르는 것이, 용납될 리가……."

23

"뭐야? 넌 도련님을…… 한번 한 약속을 무르는, 그런 한심한 남자로 만들겠다는 거야?"

"뭐……."

극한의 갈등이 얼굴에 드리우는 나기.

"시온 님…… 벗는 것을 도와드릴까요?"

"자, 잠깐만 아르셰라…… 그나저나 너, 너무 빨리 벗은 것 아냐?! 왜 벌써 반도 넘게 벗은 건데?!"

"도박 대금은 바로 치르는 주의다 보니."

"그게 아니겠지! 틀림없이 뭔가 다른 의도가 있었지!"

"자, 시온 님……."

"시 님, 벗어요, 벗어."

"도련님, 여기서 도망치는 건 남자답지 못한 짓입니다."

"나, 나리마님, 저 때문에 정말 죄송합니다……! 이 일에 대해 책임을 지도, 저도 같이 벗도록 하겠습니다!"

반라 차림의 메이드들의 탈의를 요구하며 마구마구 다가온다.

'어, 어째서 내가, 이런 꼴이……!'

궁지에 몰려서 어쩔 도리가 없게 돼버린 시온은,

"어! 저게 뭐지?!"

고전적인 수단을 이용해서 도망치기로 했다.

"어? 뭐야, 뭔데? 뭐가 있었어?"

"……아. 어라?! 도련님이 없잖아!"

"설마 시온 님…… 『저게 뭐지?!』라는 말로 저희의 시선을 다른 방향으로 유도하고, 그 한순간의 틈을 타서 도망치셨다는 건가

요……!"

"이 무슨 신묘한 수인가…… 역시 나리마님이다."

"지금 감탄하고 있을 때가 아니잖아! 빨리 시 님을 쫓아가야지!"

허를 찔린 네 명의 메이드.

시온은 방에서 뛰쳐나와 복도를 뛰어갔다.

"……이놈이고 저놈이고, 날 가지고 노는 짓은 제발 좀 그만하라고."

항상 하는 대사에 약간 힘이 부족한 것은 일단은 승낙했던 승부의 벌칙에서 도망치는 것이 조금 미안했기 때문이다.

마침내 메이드들도 시온을 발견.

반라의 미녀가 소년을 쫓아다니는 기묘한 술래잡기가 저택 안에서 벌어지고 말았다.

비통한 과거를 짊어지고 세상에서 쫓겨난 이들.

하지만 어떻게 된 일인지, 그들은 오늘도 아주 즐거워 보인다.

제1장 전직 용사, 책을 발견

저택 지하실——

사방 5미터 크기의 공간이고 네 구석에는 마석을 가공해서 만든 기둥이 세워져 있다.

그리고 바닥에는—— 커다란 마법진이 그려져 있다

바닥이 좁아 보일 정도로 정밀하고 복잡한 문양이다.

원래는 창고로 사용하던 방을 시온이 의식용으로 개조했다.

이 방은 보통『권속 계약』의식을 행하는 장소로 활용하는 곳이다.

2년 전——

마왕의 숨통을 끊은 순간, 시온은 저주에 걸렸다.

『마왕의 각인』이 새겨지면서 영원토록 다른 존재의 생명을 빨아들이는 괴물이 되어버린 것이다.

현시점에서 그런 시온의 에너지 드레인에 저항할 수 있는 유일한 방법이『권속 계약』이다

만물의 생명을 무차별적으로 빨아들이는 힘이지만 숙주인 시온의 목숨은 빨아들이지 않는다.

그렇다면 대상을 시온과 가까운 존재로 만든다면—— 권속으로 삼으면 에너지 드레인을 약하게 만들 수 있지 않을까.

그 이론을 바탕으로 실험을 거듭했고, 결국 성공했다

메이드들에게 정기적으로 혈액과 마력을 주입해서 서로의 마력 파장을 비슷하게 만들어서, 어떻게든 저주가 작용하지 않도록

속여 넘길 수 있었다.

하지만 아직 완벽하다고 하기에는 한참 먼 상황이다.

고위 마족인 그녀들이기에 버틸 수 있는 억지 수단이고, 또한 정기적으로 혈액 섭취와 함께 의식을 되풀이해야 한다.

이 지하실은 보통 그 의식을 위해 이용하는 곳인데——

최근 며칠 동안, 시온은 이 방을—— 전혀 다른 용도로 이용하고 있었다.

"……흐음."

팔짱을 끼고 생각에 잠기는 시온.

시온이 바라보는 곳에는 신성한 분위기가 감도는 검—— 성검이 있다.

바닥에 그려진 마법진 위에 살며시 올려놓은 상태로.

성검.

그것은 예로부터 나약한 인간을 불쌍히 여긴 신들이 인간을 위해 만든 칼.

인간이라면 누구든 다룰 수 있는, 강력 무비한 무기.

대륙에는 다양한 성검이 존재하고, 그 생김새나 능력은 성검마다 다르다. 세계 각국에는 이름이 널리 알려질 정도로 유명한 것들이 여러 자루 존재한다.

그런데.

"…………."

지금 눈앞에 있는 성검은—— 시온이 모르는 성검이었다.

동서고금 그 어느 문헌에도 존재하지 않는, 미지의 성검.

며칠 전——

노예 소동에 관여하는 중에, 시온은 적이 소환한 슬라임과 싸웠다.

슬라임이라고 해도 현대에 흔히 볼 수 있는 작은 젤리 상태의 평범한 존재가 아니다.

액체 형태의 거대한 몸을 무진장으로 증식시키고, 독기를 뿌리면서 모든 것을 삼켜버리려고 하는 지성이라고는 존재하지 않는 폭식의 괴물——

먼 옛날 마계에 존재했다고 하는, 원초(原初)의 슬라임이었다.

시온은 그 슬라임을 격퇴했고, 그리고 거기서 손에 넣은 것이—— 이 미지의 성검이었다.

지금까지 본 적이 없는 성검일까.

아니면.

새롭게 창조된 것일까.

현대에 존재할 리가 없는 마물의 몸속에서 나온, 존재할 리가 없는 칼——

"실례하겠습니다."

혼자서 생각에 잠겨 있는데 지하실 문이 열렸다.

들어온 사람은 차와 과자를 가져온 아르셰라였다.

"시온 님, 잠시 휴식을 취하시는 것은 어떠신지요?"

"아르셰라……."

"최근 들어 계속 지하실에만 틀어박혀 계시니……."

"그래…… 조금 쉴까."

고개를 끄덕이고, 시온은 지하실 한구석에 있던 탁자 앞에 가서 앉았다. 아르셰라는 그 탁자 위에 잔을 내려놓고 홍차를 따랐다.

"그런데 시온 님…… 성검 쪽은, 어떻게 돼가시나요?"

"음…… 글쎄, 뭐라고 해야 좋을까."

할 말을 찾는 시온.

최근 며칠 동안 시온이 계속 지하실에 틀어박혀 있었던 것은——성검의 조사 때문이었다.

슬라임의 몸속에서 나온 성검을 온갖 방법을 동원해서 조사했다.

지하실에 있는 마법진은 『권속 계약』 의식을 위해 그려둔 것이지만, 조금만 손을 대면 다른 방법으로도 사용할 수 있다.

칼에 마술적인 부하를 걸거나 마력을 내부까지 투과시켜서 재질을 파악하는 등등—— 자작 마법진을 사용해서 다양한 방법으로 접근했다.

미지의 성검을 완전히 조사하기 위해서——

"결론부터 말하자면…… 이건 성검이지만 성검이 아니야."

"……?"

무슨 말인지 모르겠다는 표정을 짓는 아르셰라.

무리도 아니다.

시온 자신도 아직 모든 것을 파악한 게 아니기 때문에, 아무래도 애매하게 말할 수밖에 없었다.

"성검이 가진 특성에는 고위 마술조차도 뛰어넘는 비기 같은 것들이 있어…….”

예를 들자면 로가나 왕국에 전해지는 세 자루의 성검.

질량을 잡아먹는 『자그람』.

흐름을 관장하는 『리터』.

그리고—— 거리를 장악하는 『멜토르』.

“하지만 이 성검은…… 그런 특성을 하나도 지니지 않았어.”

“초상현상을 일으킬 수 없는 성검, 이라는 말씀이신가요.”

“그래. 게다가…… 모든 성검에 공통으로 존재하는 대마(對魔) 속성조차도 없고. 이 검으로 마족을 공격한다고 해도 큰 효과는 없을 거야. 보통 검으로 베는 것과 하나도 다를 게 없을 정도로.”

“……규격을 벗어난 비기는 사용할 수 없고 대마 속성조차 없다. 그렇다면 그것은…… 성검이라고 부를 수 없는 게 아닌가요?”

“맞아. 이 칼에는 세상에서 일반적으로 말하는 성검의 특징은 거의 존재하지 않아…… 하지만—— 사용한 소재 하나만은 성검과 똑같아.”

“…………..”

“아니, 엄밀히 따지자면 똑같은지 아닌지는 불명이지만. 성검처럼 이 대륙에는 존재할 리가 없는 소재라는 걸 알아냈을 뿐이야.”

신들이 만들었다고 여겨지는 성검은, 현대에 와서도 그 소재와 정제 방법을 전혀 알아내지 못했다. 아무리 조사해도 이해할 수가 없다

반대로 말하자면.

열심히 조사해도 모른다면—— 소재도 정제 방법도 불명이라

는 걸 알게 되면, 역설적으로 그것이 성검일 가능성이 크다고 할 수 있다.

"분명히…… 이 칼이 지닌 기척은 성검과 가깝습니다. 성검으로서의 특성은 없다고 해도, 이것이 평범한 검으로 여겨지지는 않는다고 할까요. 모방품이라고 해도…… 인간이 이 정도 수준의 것을 만드는 건 불가능하겠죠. 아니, 저희 마족조차도 불가능할 것입니다."

바닥에 놓인 성검을 바라보며 생각에 잠기는 아르셰라.

"그래서—— 성검이지만 성검이 아니라는, 그런 말씀이신가요."

"그래, 맞아."

"그렇다면, 이 칼은 대체……."

"내가 추측하기에—— 이건, 소재라고 봐."

시온이 말했다.

"소재, 말씀이신가요?"

"성검으로서의 특성을 아직 부여하지 않은 상태의 성검…… 그래서, 소재야."

소재.

그것이 시온이 최근 며칠 동안의 연구를 통해서 도출해낸 결론이었다.

"신이 만들었다고 일컬어지는 성검—— 만약에 그것이 단순한 전설이 아니라 정말로 신이 만들었다면…… 아마도 신이 성검을 만들 때, 어떤 것을 만들 건 간에 먼저 이 소재라고 불러야 할 상태를 거쳐야 하겠지."

눈앞에 있는 성검은 소재이고 미완성인 상태일 것이다.

여기에 초상현상을 일으키는 특성이나 대마 효과를 부여했을 때, 성검은 성검으로서의 힘을 손에 넣는다.

"처음 듣네요. 성검에 이런 상태가 있다는 건."

"나도 몰랐어. 지금까지 봤던 어떤 문헌에도 이런 사실은 적혀 있지 않았으니까. 어쩌면…… 소재 상태인 성검이 지상에 있는 것 자체가 사상 최초의 일인지도 몰라."

"어째서 그런 것이, 슬라임 몸속에서……?"

"……글쎄."

애매하게 말을 흐렸다.

하지만 사실은── 시온의 마음속에서는 한 가지 가설이 세워져 있었다.

아니.

가설이라고 할 만큼 훌륭한 것은 아니겠지.

가설은 고사하고 추론의 영역에도 도달하지 못한, 망상에 가까운 예감.

말하자면 단순한 직감.

'……현대에 있을 리가 없는 슬라임. 그리고 존재할 리가 없는 소재 상태의 성검.'

며칠 전에 시온에게 일어났던 현상이 우연이 아니라면── 누군가 그 일을 꾸민 자가 있다면.

그자는── 인간의 상상을 초월한 힘을 지니고 있다.

현대의 그 어떤 마술사도, 제아무리 고위 마족이라 해도, 원초 슬라임이나 소재 상태인 성검을 준비하는 것은 불가능하겠지.

'만약에 그 슬라임이── 내가 쓰러트리는 걸 상정하고 준비한 것이었다면.'

온갖 공격과 마술을 무효화하는 원초 슬라임.

주위에는 전투력이 없는, 지켜야 하는 사람들.

그런 상황이라면── 시온은 망설이지 않고 오른손의 힘을 쓸 것이다.

『진호흡(노 브레스)』.

그 손으로 건드린 것의 생명을 송두리째 빨아들이는 저주받은 손.

시온의 능력은 그 슬라임을 상대하는데 딱 맞았다.

말 그대로 안성맞춤이었다.

마치, 그것을 위해 준비한 것처럼.

그래서 시온은── 힘을 사용하기 직전에 강렬한 위화감을 느꼈다

마치, 누군가의 시나리오대로 움직이는 것만 같은──

확증은 없는 직감.

하지만 시온은 그 직감을 믿고서 작전을 짰다.

에너지 드레인을 사용할 때, 오른손 손목을 잘라버렸다.

잘려 나간 오른손만 가지고 힘을 써서 슬라임의 생명력을 모조리 빨아들였다.

그 결과──

슬라임이 사라진 자리에는 소재 상태의 성검만이 남아 있었다.

'만약에 내가 그대로 오른손으로 슬라임을 쓰러트렸다면······.'

『진호흡』의 힘으로 슬라임의 생명력을 깡그리 흡수했다면——아마도 소재 상태인 성검도 같이 흡수해버렸겠지.

지금 흡수해버린 『멜토르』처럼.

온갖 생명력을 송두리째 잡아먹는 에너지 드레인이라면, 성검조차도 그 특성을 바꿔버리고 몸 안에 흡수해버릴 수 있다.

'······성검 흡수는 그렇게 간단한 일이 아니야. 『멜토르』는 내가 과거에 사용한 경험이 있었기 때문에 흡수했다고 할 수도 있으니까.'

다른 성검도 마찬가지로 흡수할 수 있는지는 모른다.

하지만.

'소재 상태인 성검이라면—— 아주 간단히 흡수할 수 있었겠지.'

감각적으로 알 수 있다.

성검으로서의 특징이 없는, 단순한 소재 상태인 성검.

파악할 특성이 없다면 흡수하는 데 장애가 될 이유도 존재하지 않는다.

'어쩌면—— 그러려고 소재 상태의 성검을 준비한 걸까.'

시온이 흡수하기 쉽도록.

의식하지 않아도 자연스럽게 몸 안으로 들어가 버릴 수 있게.

생각하면 할수록, 모든 상황이 시온이 성검을 흡수하는 것을 위해 준비된 것 같은 기분이 든다.

'노인······.'

머릿속에 떠오른 것은 얼마 전에 무투대회에서 만났던 소년.

시온과 아주 닮은 눈동자를 가진 신기한 존재.

그의 짓이라는 증거는 없다.

하지만── 어째선지 그의 얼굴이 머릿속에 떠오른다.

직감, 또는 본능이라고밖에 할 수 없는 부분에서, 그와의 연관성을 의심하게 된다.

"……시온 님?"

생각에 잠겨 있었더니, 아르세라가 불안해하는 표정으로 시온의 얼굴을 쳐다봤다.

"아, 그래. 괜찮아. 잠깐 생각에 잠겨 있었던 것뿐이야."

"그러시군요……."

역시나 불안해 보이는 아르세라.

시온은 과자를 먹고 홍차를 입으로 가져갔다.

"고마워 아르세라. 좋은 기분전환이 됐어. 난 여기서 조금 더 성검을 조사해볼게."

"너무 무리하지는 마세요."

"알았어."

아르세라가 나가고, 시온은 다시 성검과 대치했다.

'자. 이걸 어떻게 해야 좋을까.'

의자에서 일어나, 열심히 생각하면서 마법진 주위를 걸었다.

'조금 전에 해봤던 『멜토르』와의 공명 반응에 대해서 한 번 더 검증해볼까. 이번에는 부하를 조금 바꿔서── 응?'

거기서 시온은 어떤 것에 눈을 사로잡혔다.

지하실 구석에 있는 낡은 책꽂이.

시온이 소장한 책들은 대부분 저택 서고에 있기 때문에, 여기 있는 책장은 거의 사용하지 않았다. 그래서 예전에 가져다 둔 책이 몇 권 있을 뿐이고 거의 비어 있는 상태다.

눈길이 간 것은 그 책장── 의 뒤쪽.

책장과 벽 틈새에 뭔가가 떨어져 있는 것 같았다.

"뭐지, 이건?"

손을 뻗어서 집어보니── 그것은 한 권의 책이었다.

하얀색 장정의 책.

틈새에 떨어져 있던 탓인지 조금 먼지를 뒤집어썼다.

'……흐음?'

기억에 없는 책이다.

저택에 있는 책들은 대부분 파악하고 있다.

현재 시온이 소유하고 있는 책이 아니고, 과거에 읽은 경험이 있는 책도 아니다.

'내 책은 아니고…… 예전부터 이 저택에 있었던 책인가.'

시온이 이 저택에서 살기 시작한 것은 2년 전.

메이드 네 명이 찾아와서 같이 살게 된 것은 1년 전.

그 전부터 있었다면 좀 더 먼지를 뒤집어썼을 테고, 책 자체에도 흠집이 났을 텐데.

'그렇다면 메이드 중에 한 사람 건가?'

대체 누구지.

그런 생각을 하면서, 시온은 책장을 팔락팔락 넘기기 시작했다.

여자의 하얀 손가락이 젊은 불기둥에 감겼다.

소년은 몸을 움찔했다.

그 민감한 감각을 보고, 여성이 만족스러워 보이는 미소를 지었다.

"우후후. 왜 그러지? 이제 겨우 건드렸을 뿐인데."

"하, 하지만, 전…… 이런 거, 처음이라서."

"아무것도 걱정할 필요 없어. 누나가…… 기분 좋게 해줄게."

음탕한 미소를 짓더니, 여자는 입술연지를 바른 입을 크게 벌리고는 소년의 육봉을 단숨에──

"……으, 으아아악!"

시온은 혼자서 절규하고 책을 세차게 닫아버렸다.

심장이 벌컥벌컥 거세게 뛴다.

짧은 호흡을 반복하면서 다시 책을 봤다. 『숙녀의 개인 교습』── 조금 전에는 별생각 없이 넘어가 버렸던 제목이, 갑자기 징그럽게 느껴졌다.

"이, 이건……."

떨리는 목소리로, 시온은 혼자서 소리쳤다.

"이건── 야한 책이다!"

제 2 장 전직 용사는 책 주인을 찾는다

시온 터레스크라는 소년에게 소위 말하는 성적인—— 알기 쉽게 말해서 야한 것은…… 한마디 말로 표현할 수 없는 복잡한 감정을 느끼게 만드는 것이었다.

관심이 없는 건 아니다.

남들만큼 관심은 있다.

하지만 동시에 「이런 생각을 해서는 안 된다」는 기피하는 것 같은 감정도 항상 품고 있다.

마술에 있어서 압도적인 천부적 재능을 발휘하는 시온인데, 심지어 다른 분야에서도 보기 드문 재능을 발휘하고 있다. 문학, 의학, 수학, 전술…… 그런 다양한 분야에 조예가 깊고, 재능과 노력을 통해서 온갖 학문에 대한 견지를 키워왔다.

그렇다면 당연히.

성적인 지식도—— 있다.

아이가 어떻게 생기는지에 대해, 의학적으로는 이해하고 있다.

하지만 당연하다고 해야 할까—— 그런 학문적인 지식과 본능적인 성욕을 다른 차원의 이야기였다.

의학적인 관점에서 남녀 간의 생식 행위에 대해 생각하거나, 경제학적인 관점에서 성(性) 산업에 대해 생각하는 데 대해서는 아무런 저항도 느껴지지 않는다.

하지만.

막상 자신의 성욕에 대해 생각해보면 끔찍한 저항과 수치심을 느끼고 만다.

그것이 야한 것에 대한 시온의 감정.

아주 간단하게 말하자면——

『관심이 없는 건 아니지만 왠지 나쁜 짓을 하는 것 같은 기분이
들고, 그리고 무엇보다「야한 것에 관심이 있다」는 사실을 다른
사람에게 들키는 게 너무나 창피하다.』

——그런 상태인데, 한마디로 말해서 어디에나 흔히 있는 사춘
기 소년과 똑같은 정신 상태였다.

"…………."

유난히 진지한 얼굴로, 시온은 조용히 저택 복도를 걸어갔다.
몇 번이나 고개를 돌려가며 주위를 열심히 확인했다.

그 손에는—— 조금 전에 주운 야한 책을 들고서.

등 뒤에 감추는 것 같은 모양으로 들고서 걸어가고 있다.

'아, 아냐! 딱히 내가 읽고 싶어서 그러는 게 아니라고!'

마음속에서 혼자서 변명하는 시온.

'거기에 그냥 놔두면 책이 너무 불쌍해서 그런 거야! 그래, 나
는 이 책을 위해서 행동하는 거라고!'

필사적으로 변명했다.

'나는 책을 사랑하는 사람으로서 당연한 행동을 하고 있어. 그
래. 책에는 귀천이 없으니까. 어떤 책이건 애정을 가지고 정중하
게 대해야 해. 설령 그게…… 야, 야한 책이라고 해도…….'

생각했더니 또 창피해졌고, 시온의 얼굴이 빨개졌다.

아직 책을 읽지는 않았다.

하지만 대충 넘겨보면서 어떤 장르의 책인지는 알았다.

시온은 속독 스킬도 상당한 수준을 자랑하는데, 그 스킬이 안

좋은 쪽으로 도움이 돼버렸다.

살랑살랑 넘기면서 봤을 뿐인데노 그 책의 내용을 어느 정도 이해해버린 것이다.

이 책은 소위 말하는—— 관능 소설이라는 것이겠지.

남녀의 행위를 중점적으로 그리는 러브스토리.

책 안에는 삽화도 여러 장 들어가 있었다.

그리고 내용은…… 숙녀가 나이 어린 소년에게 성적인 교육을 하는 것이었다.

시온으로서는 도저히 제정신으로 읽을 수 없는, 그런 내용이다.

'……주, 주인을 찾아야겠다.'

책을 가지고 온 것은 소유자를 찾기 위해서다. 그자가 책을 잃어버려서 곤란해하고 있다면 전해주고 싶기도 하고, 무엇보다 지하실에 이런 책을 놔두고 싶지 않았다.

어디까지나 주인을 찾기 위해서.

결코 자신이 읽기 위해서가 아니다. 절대로.

'그나저나…… 잘 생각해보니까 주인을 찾기 위해서라면 굳이 가지고 올 필요는 없지 않았을까? 만에 하나라도, 이런 걸 가지고 있다가 누구한테 들키기라도 하면——.'

"어라? 도련님."

"으, 으아아아!"

갑자기 누가 부르자, 시온은 완전히 동요한 목소리를 내고 말았다.

심장이 덜컥 내려앉는 줄 알았다.

숨을 고르면서 고개를 들어보니 이브리스가 있었다.

"왜, 왜 그러십니까 도련님? 그런, 엄청난 소리를 지르고?"

"이브리스잖아…… 정말이지, 사람 놀라게 하지 마."

"아니, 그냥 평범하게 말을 걸었을 뿐이거든요."

"이, 이런 데서 얼쩡거리고 말이야, 일은 제대로 하고 있는 거지?"

"하고 있어요, 오늘은 비교적 열심히."

"그, 그런가. 그럼 됐어."

"뭔가 이상합니다, 도련님?"

"안 이상해! 난 하나도 안 이상하다고!"

이상하다는 표정의 이브리스.

시온은 필사적으로 태연한 척했지만, 마음속에서는 엄청나게 동요하고 있었다.

원인은 당연히 뒤쪽에 숨기고 있는 야한 책 때문이다.

'크, 큰일이다…… 이런 걸 가지고 있다는 게 들키면…….'

틀림없이 놀란다.

시온의 소유물이라고 착각할 것이다.

그렇게 되면 무슨 소리를 듣게 될지 모른다.

이브리스가 이 책의 주인일 가능성도 있지만…… 하지만, 그렇지 않을 경우의 위험 부담이 너무나 크다.

'이건 반드시 끝까지 숨겨야만 해!'

"그나저나 도련님…… 아까부터 뒤에다 뭘 숨기고 있는 겁니까?"

"으엑?!"

결심도 허무하게, 바로 들키고 말았다.

아니, 처음부터 계속 수상하다고 생각했던 것 같다.

"수, 숨긴 거 없어! 아무것도 안 숨겼어!"

"딱 봐도 숨기고 있는데요."

뒤쪽을 보려고 하는 이브리스와 필사적으로 막는 시온.

"으응~? 무슨 책인가요?"

"채, 책 아냐! 절대로 책 아니라고!"

"아니, 아무리 봐도 책 같은데 말이죠."

"……책, 이라는 건 인정할게. 그래, 인정해주지."

"인정해주지는 또 뭡니까……? 좀 보여주세요!"

"뭐?! 왜, 왜냐 이브리스! 넌 평소에, 책 같은 건 하나도 안 보는 주제에!"

"도련님이 그렇게까지 필사적으로 숨기는 책이니까 궁금해서 그렇죠."

"큭…… 아, 안 돼! 이것만은 절대로……!"

"……어."

"응?"

"빈틈이다~?"

"아…… 으아아아악."

아주 초보적인 수법에 넘어가 버리고 말았다. 이브리스가 시선을 다른 쪽으로 돌리는 데 낚여서 눈을 돌린 순간, 뒤에 숨기고 있던 책을 빼앗기고 말았다.

"흐응. 헤에, 이건……."

빼앗은 책, 『숙녀의 개인 교습』을 팔락팔락 넘기면서 읽는 이브리스.

"…………."

너무나 큰 절망과 수치심 때문에, 시온은 반박해야 한다는 것도 잊어버리고 멍하니 있었는데──

"그렇군요."

이브리스가 납득한 것처럼 말하더니,

"자, 여기요."

그렇게 말하면서 책을 돌려줬다.

"어……."

"그럼 저는 다시 일하러 갈게요."

"이, 이브리스……."

"괜찮아요. 아무한테도 말 안 할 테니까."

상냥한 미소를 지어 보이고, 이브리스는 몸을 빙글 돌렸다.

"다음부터는 안 들키게 보세요~."

그리고는 손을 살랑살랑 흔들면서 가버렸다.

예상치 못한 반응에, 시온은 할 말을 잃고서 멍하니 서 있었다.

'아, 안 놀렸네……?'

틀림없이 놀릴 거라고 생각했다.

야한 책을 가지고 있다는 것 때문에 비웃을 거라고 생각했다.

하지만 이브리스는── 아무 말도 하지 않았다.

깊이 추궁하지도 않고, 그 자리에서 떠났다.

모든 것을 받아들인 것 같은 미소를 지으면서——「알아요, 저도 다 안다고요」라고 말하는 것 같은 태도로.

어쩌면 그것은 여성으로서 이상적인 대응이었는지도 모른다.

크게 법석을 떨지 않고 조용히 넘어간다.

가지고 있던 야한 책을 들킨 소년에 대한 반응 중에서, 가장 상처를 적게 주는 훌륭한 대처였는지도 모른다.

하지만——

"……아, 아냐 아냐! 자, 자, 잠깐만!"

정신을 차린 시온은 황급히 이브리스를 쫓아갔다.

왜냐하면, 성대한 착각을 풀어줘야 하기 때문이다.

"기다려 이브리스! 넌 틀림없이 뭔가를 착각하고 있어!"

"뭡니까 도련님? 걱정하지 않아도…… 아무한테도 말하지 않을 테니까요."

한심하다는 것처럼, 이브리스가 말했다.

"도련님도…… 일단은 남자잖아요. 그 정도는 당연한 거죠. 놀리지 않을 테니까 안심하세요."

"아냐! 아니라고! 이건 내 책이 아니야!"

"아, 예, 알았어요. 그렇다고 해둘게요."

"진짜 아니라니까! 정말이란 말이야! 그런 따뜻한 눈으로 날 쳐다보지 마!『다 이해해요』같은 느낌으로 엄청난 미소를 짓지 말고!"

"그렇게 열심히 말하지 않아도 되거든요. 저는 도련님 편이니까요."

"큭…… 그, 그만둬……! 이런 때만 쓸데없이 이해심을 발휘하지 말란 말이야! 저, 정말로 아니라고…….”

그 뒤에, 완전히 『저도 다 압니다』 모드에 들어가 버린 이브리스에게 진실을 이해시키기 위해서 상당한 시간을 들였다.

“제 건 아니에요. 보나마나 아르셰라 거 아닐까요?”

진실을 이해한 뒤에, 이브리스가 그렇게 말했다.

‘일단…… 이 녀석 물건은 아닌가 보네.’

이브리스와 헤어진 뒤에, 시온은 또 혼자서 복도를 걸어갔다.

머릿속에서는 계속 책 주인에 대해서 추리하고 있었다.

‘뭐, 나기 책은 아니겠지. 평범하게 생각해보면 아르셰라나 페이나일 것 같은데…… 페이나는 아직 인간들이 사용하는 글자를 제대로 못 읽는단 말이야.’

그렇다면── 소거법으로 아르셰라가 된다.

‘……빨리 가져다주자. 그러지 않으면 또 귀찮은 사태가 벌어질 우려가──.’

“어라~ 시 님, 뭐 가지고 있는 거야? 보여줘, 빌려줘, 만지게 해줘.”

안 좋은 예감 대 적중.

어디선가 불쑥 나타난 페이나가, 시온이 들고 있던 야한 책을 허락도 없이 가로채버렸다.

“어…… 너.”

“뭐야 이거?”

"그, 건……."

"또 어려운 책?"

"그…… 그래. 어려운 책이다!"

시온은 필사적으로 거짓말을 했다.

"내가 항상 읽고 있는, 아주 평범한, 어려운 책이야."

"흐응? 그런 것 치고는 아주 소중하게 들고 있던데?"

"소, 소중하게 들고 있지 않았어! 보통이야, 보통!"

절대로 들키지 않으려고 열심히 손을 뒤로 뺐지만, 옆에서 보면 그저 이상하게 보이기만 했던 것 같다.

"아, 아무튼 돌려줘. 그건…… 어려운 책이거든? 네가 읽어봤자 하나도 재미없을 거야."

"어라~? 이상하네? 시 님 평소에는『너도 가끔이나마 책을 읽어라. 글자라면 내가 가르쳐 주겠다』라고 했으면서."

"새…… 생각이 달라졌다. 누구나 잘하는 것과 못 하는 것이 있으니까 말이야. 넌 너답게 살아가면 된다고, 그런 생각이……."

"흐~응. 뭔~가 수상하네."

"잔말 말고 돌려줘. 내 책, 빨리 돌려달라고."

"싫거든~. 왠지 수상하니까 내용 확인~."

"뭐?!"

말리려고 했지만, 이미 늦었다.

페이나는 책을 펼치고 내용을 보기 시작했다.

사실 인간의 글자는 거의 이해하지 못하지만, 이『숙녀의 개인교습』에는 삽화가 들어 있다.

글자를 읽지 못하더라도 어느 정도나마 내용은 파악할 수 있겠지.

"어라라?!"

책을 펼친 페이나는 잠깐 놀란 표정을 지었지만,

"……헤에~. 헤에에~~~."

바로 얼굴 한가득 웃음기가 드리웠다.

"우와~ 우와아~~! 이거, 야한 책이다~!"

"……."

"꺅~! 시 님이 야한 책 보고 있어! 그래서 열심히 숨겼구나! 흐응, 시 님도 역시 이런 데 관심이 있구나~!"

있는 힘껏.

더할 나위 없이 온 힘을 다해서, 페이나가 놀려댔다.

사춘기 소년이 가지고 있는 야한 책에 대한 대응 중에서 가장 완벽했던 이브리스와 대조적인…… 생각할 수 있는 범위 안에서 최악의 대응이었다.

"아…… 아냐. 그건 내 책이 아니라고."

"뭐야, 그런 변명이나 하고. 남자답지 못하게."

"정말이라고! 그건 내 책이 아니야!"

"그치만 아까 내 책이라고 했잖아. 내가 항상 읽는 어려운 책이라고."

"그, 그건……."

"흐응, 시 님은 항상 이런 책을 읽는구나. 아하하. 어떤 의미에서는 어려운 책일 수도 있겠네~."

"……."

"아. 혹시 말이야, 항상 내 앞에서 이런 책 읽었던 거야? 내가 글자를 못 읽으니까 마음 푹 놓고? 그런 플레이야? 우와~ 시 님 진짜 변태였네~."

"……너, 너 말이야."

유난히 말을 잔뜩 늘어놓으면서 놀려대는 페이나.

'젠장…… 어, 어떻게 해야 좋지?'

이대로 가면 아무리 변명을 해봤자 소용없겠지. 쑥스러워서 그러는 거라고 생각하면서 말을 들어주지도 않을 가능성이 크다. 어떻게 해야 좋지.

시온이 필사적으로 타개책을 생각하고 있는데——

"아, 나기다. 저기저기, 나기. 이리 좀 와봐."

최악이라고 생각했었는데, 상황이 더 나빠졌다.

우연히 근처를 지나가던 나기를, 페이나가 굳이 불러들인 것이다.

"뭐냐 페이나? 무슨 일이 있나? 어라, 나리마님도……."

"헤헤헤~. 나기, 이거 봐봐, 이거."

"이, 이봐……."

또 말렸지만 이미 늦었다.

페이나는 삽화가 그려진 페이지를 두 손으로 펼쳐서 나기에게 건넸다.

펼쳐진 상태의 책을 받아 든 나기는 그대로 책 쪽으로 시선을 옮겼고—— 그리고 얼굴이 점점 빨개졌다.

"뭐…… 뭐라?!"

말을 제대로 끝내지도 못한 채, 힘차게 책을 덮어버린 나기.

"페, 페이나! 뭐냐 이건?!"

"그러니까, 야한 책!"

"이, 이 파렴치한 것이! 백주 대낮부터 대체 뭘 당당하게 보여주는 것이냐?!"

얼굴이 새빨개진 채로 소리를 지른 뒤에 시온 쪽을 슬쩍 봤다.

"……설마, 이런 파렴치한 서책을 나리마님께 보여드리면서 괴롭히고 있었던 게냐? 네놈…… 부끄러운 줄을 알아라!"

"쯧쯧쯧, 그런 게 아니거든."

수치와 분노로 범벅이 된 얼굴로 소리치는 나기에게, 페이나가 손가락을 가볍게 흔들어 보이면서.

"이 책은, 시 님 거야."

"웃기지 마라. 그런 거짓말을 믿을 것 같으냐?"

"거짓말 아니거든~. 시 님이 몰래 가지고 있던 걸 내가 발견했어. 그죠~ 시 님."

"흥, 그런 헛소리를 진지하게 받아들일 거라──."

"부, 분명히, 내가 가지고 있었던 건 사실이야."

"……예?!"

나기가 깜짝 놀라서 눈이 등잔 만해졌다.

"그, 그게 사실입니까, 나리마님."

"……사실이야. 하지만."

"세, 세상에……."

시온의 말이 끝나기도 전에, 나기가 그 자리에 주저앉고 말았다.

"나, 나, 나리마님이, 이런 파렴치한 서책을⋯⋯."

"기다려봐, 나기⋯⋯ 내 얘기를 끝까지──."

"──나기. 그런 건 안 좋은 것 같은데."

또다시 시온의 말을 잘라버렸다.

그리고 페이나가 반쯤 질렸다는 눈으로 나기를 내려다보며 말했다.

"시 님이 야한 책을 가지고 있는 게 뭐 어때서. 그렇게 대놓고 충격을 받으면 시 님이 너무 불쌍하거든."

"하, 하지만⋯⋯ 말이다. 나리마님은 고결하고 재능이 넘치는 위대한 걸물이시니, 이런 저속한 서책에 정신을 팔리는 일이, 있을 리가──."

"그건 나기 혼자 생각이잖아?"

페이나가 말했다.

"나기는 말이야, 시 님한테 자기 이상을 강요하려고 하는 거 아냐?"

"뭐, 뭐라고⋯⋯?!"

깜짝 놀라는 나기.

"⋯⋯그러니까, 내 얘기를──."

시온이 말을 했지만 또다시 무시당했다.

"일방적으로 『이래야 한다』고 답을 정해놓고, 멋대로 숭배하고 섬기고, 청렴결백한 인간성을 요구하고── 그런 거, 너무 허무

하지 않아? 나기는 시 님을 보고 있는 게 아니라고."

"내…… 내가, 나리마님을 보고 있는 게 아니라고?!"

"자기가 좋아하는 겉모습만 보고, 조금 싫다 싶은 내면이 보이면 『그럴 리가 없다』고 부정하잖아…… 상대를 존경한다고 하면 듣기는 좋지만, 결국은 상대를 이해하려고 하지 않는 게 아닐까?"

"……."

"두, 둘이서만 얘기하지 마. 날——."

"시 님은 강하고 똑똑하고 천재고, 그야 뭐 엄청나게 위대한 걸물일 수도 이지만…… 하지만 천재네 걸물이네 하기 전에, 한 사람의 남자이기도 하잖아? 야한 책에 관심을 가지는 건 당연한 일이야."

"나, 나는……."

"야…… 그러니까, 너희들, 내 얘기를——."

"자, 자, 나기. 그렇게 풀 죽지 말고."

"페이나……."

"누구나 실수는 하는 법이니까. 조금 맹신하는 구석이 있기는 하지만, 시 님을 너무 생각한 탓에 신성시해 버린 것도 사실이니까, 전부 부정할 필요는 없다고 생각해."

"……."

"앞으로 조금씩 바뀌면 되지 않을까?"

"그렇…… 구나. 고맙다 페이나."

깊은 절망에 빠져 있던 나기의 얼굴에 한 줄기 광명이 비쳤다.

여전히 손에 들고 있던『숙녀의 개인 교습』을 보고는 다시 창피해서 얼굴이 빨개졌지만—— 그래도 눈을 돌리지는 않고, 책을 꽉 쥐었다.

그리고 시온 앞에 무릎을 꿇고는 책을 높이 들어 올렸다.

"나리마님, 제가 잘못 생각했습니다……. 이…… 야, 야한 서책, 확실히 즐겨 주시옵소서!"

무릎을 꿇은 채로 외치는 내기.

납득했다는 것처럼 미소를 지으면서 고개를 끄덕이는 페이나.

시온은 그런 두 사람 앞에서, 숨을 크게 들이쉬고는,

"……너희들, 내 말을 들으란 말이야아아아아아아아!"

그렇게, 큰소리로 외쳤다.

"내 건 아니야~. 보나 마나 아르셰라 거 아니겠어?"

"제 물건도 아닙니다. 아마도 아르셰라 것이겠지요."

간신히 두 사람한테 진실을 이해하게 만들었더니, 각각 이브리스 때와 비슷한 반응이 돌아왔다.

지금까지 만난 메이드 세 명이 전부 아르셰라가 주인일 거라고 말했다.

'……뭐, 그렇겠지.'

시온 본인도 아르셰라 것이라고 생각은 하고 있었다.

생각은 했지만…… 아무리 그래도 한 사람도 빠짐없이, 전혀 망설이지도 않고 그런 결론에 도달했다고 생각하니 뭐라 말로 표현할 수 없는 기분이 들었다.

그리고 사실——

『숙녀의 개인 교습』은 아르셰라 것이었다.

"예에에에?! 어, 어째서 시온 님이 그 책을……?!"

아르셰라가 있던 현관 쪽으로 가서 책 표지를 보여줬더니, 그런 알기 쉬운 반응이 돌아왔다.

'역시나.'

뭔가 특별한 반전 같은 것도 없이, 아주아주 평범하게, 많은 사람이 예상한 대로, 아르셰라의 소유물이었던 것 같다.

"대, 대체, 어디서 그걸……?"

"지하실 책장 뒤에 떨어져 있었어."

"그런 곳에…… 아, 그렇군요. 얼마 전에 새로 숨길 곳을 찾던 중에, 깜박하고 떨어트려서——."

"아르셰라 물건이야?"

"……그러니까."

아르셰라는 너무나 알기 쉽게 당황했지만,

"아, 아뇨…… 모, 모르겠습니다."

마지막 순간에, 잡아뗐다.

'……대단하네.'

시온은 되레 감탄했다.

이 상황에서 끝까지 잡아뗄 생각인가, 하고.

"보, 본 적도 없습니다. 그런 야한 책은."

"…………."

어째서 야한 책이라는 걸 알고 있지? 라고 따지고 싶었다.

"솔직히, 그런 내용은 제 취향이 아니니까요."

"…………"

어떻게 내용을 알고 있는 거지? 라고 따지고 싶었다.

"제목만 보고 순애물일 거라고 생각했었는데, 마지막에 가서 더러운 사내들이 잔뜩 튀어나오는 용서할 수 없는 전개로 흘러갑니다……! 절대로 있을 수 없는 일입니다, 그런 전개는! 뭐…… 초반과 중반은 흠잡을 곳 없는 퀄리티였으니까, 몇 번이나 다시 읽었지만……."

"…………"

너 정말로 잡아뗄 생각이 있는 거냐? 라고 따지고 싶었다.

"저기, 그게, 그러니까, 뭐랄까……."

얼굴이 빨개져서 눈에 보일 정도로 동요하는 아르셰라.

반대로 시온은 아주 냉정한 상태였다.

'뭐라고 할까…….'

지금 아르셰라가 얼마나 동요했고 얼마나 창피해하고 있는지, 너무나 잘 알 수 있었다.

'조금 전까지, 나도 이런 느낌이었을까.'

시온 자신의 책은 아니었지만『자기가 가지고 있는 야한 책을 다른 사람에게 들킨다』는 상황은 정말로 창피했었다.

지금의 아르셰라와 마찬가지로 엄청나게 당황했겠지.

그렇게 생각하니 자꾸만 감정이 이입된다.

동정하고, 정을 베풀어주고 싶어졌다.

"……그렇구나. 네 책이 아니었구나."

한숨을 한 번 쉬고, 시온이 말했다.

"그럼 아르셰라── 이건 네가 처분해줘."

"예……?"

"누구 건지도 모를 기분 나쁜 책 따위는 읽고 싶지도 않고, 내 곁에 두고 싶지도 않아. 네가 버려주면 고맙겠어."

"……아, 알겠사옵니다."

"그럼 난 간다."

『숙녀의 개인 교습』을 떠넘기는 것처럼 건네고, 시온은 그 자리를 떠났다.

상대의 물건이라는 사실을 알아차리지 못한 척하면서, 그 물건의 주인에게 버려달라고 부탁한다.

그리고 내용을 파악하지도 못했다는 점도 은근슬쩍 어필.

너무 깊이 추궁하지는 않고, 말투도 전체적으로 깔끔하게.

다양한 경험을 해본 탓인지── 야한 책을 들킨 사람이 다른 사람이 어떻게 해주기를 바라는지, 그리고 왜 그렇게 바라는지를 너무나 잘 알고 말았다.

그것은 사춘기 소년으로서 하나의 큰 성장──

'……하나도 안 기쁜 성장이네.'

시온은 마음속에서 그렇게 한 마디 딴죽을 걸었다.

제 3 장

전직 용사는 옷을 갈아입는다

"랄랄라~. 오늘은 뭘 살까~."

"쓸데없는 건 안 살 거야. 필요한 것만 사고."

"나도 안다고. 아르셰라는 일일이 잔소리가 너무 심하다니까."

"내가 누구 때문에 그런다고 생각하나요……."

볼을 빵빵하게 부풀린 페이나와 질렸다는 것처럼 한숨을 쉬는 아르셰라.

두 사람은 장을 보기 위해서 저택을 떠나 시내에 나와 있었다.

비스테아.

로가나 왕국 서쪽 지역, 엘트 지방에 있는 도시 중에 하나.

서쪽 국경과 가깝다는 이유도 있어서 물자나 사람들이 많이 오가고 활기가 넘치는 도시다. 이 근처에서는 가장 번성한 도시라고 해야겠지.

평소에 메이드들이 장을 볼 때도 이곳 비스테아에서 처리하는 경우가 많다.

하지만.

바로 얼마 전까지만 해도, 메이드들은 비스테아에 오는 걸 자제하고 있었다.

이유는── 두 달 전에 열렸던 무투대회.

대회가 진행되는 중에 날뛰기 시작한 테러리스트들을 시온 일행이 격퇴했었다.

시온과 아르셰라는 적의 본거지로 쳐들어가서 싸웠지만, 나머지 세 명은 시내에 남아서 시민들을 지키기 위해서 싸웠다.

그러면서 아주 조금 얼굴이 알려지고 말았다.

아름다운 미녀들이 테러리스트들을 쓰러트리며 돌아다녔다는 신문 기사까지 나왔었다. 사실 초상화가 실린 것도 아니고 기사 내용도 『그 여성들은 용사 레비우스가 비밀리에 키워온 부하가 틀림없다』라는 내용의, 진상과 동떨어진 것이었다.

그러니 메이드들의 정체가 들켰을 가능성은 지극히 적다.

하지만 앞으로도 지금의 저택에서 살기 위해서는, 쓸데없이 눈에 띄는 일은 피하는 쪽이 좋다.

다섯 명이 의논한 결과, 조심하고 또 조심해서 당분간은 비스테아에 가는 것을 자제하기로 했다.

그렇게 시작된 자숙 생활이었지만── 두 달 가량이 지났으니 자숙을 해제하기로 했다.

메이드 중에 몇 명이 비스테아에 가봤지만, 딱히 주목하는 사람은 없었다. 소문은 완전히 사라진 것처럼 여겨졌다. 어쩌면 처음부터 큰 소문이 났던 게 아닐 수도 있다.

그렇게 해서 메이드들은 비스테아 시내에서 장을 보는 평소의 일상을 되찾았다.

"우와~ 여전히 사람이 많네."

사람들로 붐비는 비스테아의 시장.

페이나는 주위를 둘러보면서 눈을 반짝거렸다.

"너무 혼자서 앞서가지 마세요, 페이나."

혼자서 뛰어가려고 하는 페이나를, 아르셰라가 한심하다는 목

소리로 말렸다,

"둘이 떨어지기라도 하면 귀찮아지잖아요?"

"뭐야, 어린애도 아니고."

"그렇다면 좀 진정하세요."

"떨어지기 싫으면 손이라도 잡을까?"

"싫어요."

"아하하. 나도 죽어도 싫어."

두 사람은 사람들 사이를 누비면서 걸어갔다.

"아~ 저기 봐 아르셰라. 엄청 맛있어 보이는 사과가 있네! 사도 돼?"

"안 돼요. 오늘은 과일을 살 예정이 없어요."

"아, 이쪽 봐봐! 정말 이상하게 생긴 벌레를 파네! 사도 돼?"

"될 리가 있겠어요. 왜 정말 이상하게 생긴 벌레를 사려는 거죠?"

"우와! 엄청난 미소년을 팔고 있어, 아르셰라!"

"……거짓말을 하려면 좀 더 그럴듯한 걸로 하세요."

"쳇. 들켰네."

"……그나저나 왜 그런 거짓말을 했죠? 그 거짓말이라면 제가 넘어갈 거라고 생각했나요? 그렇게 생각했다면 상당히 유감인데 말이죠."

"뭐? 아르셰라는 미소년 좋아하는 게 아니었어?"

"전혀 아니에요. 저는 그렇게 값싼 취미를 가진 여자가 아니에요. 제가 심취하고 경애하는 것은 이 세상에서 오직 시온 님 한 사람뿐……. 시온 님이 아닌 사람에게 마음이 흔들리는 일은 있을 수 없어요."

"흐~응. 미소년이 나오는 야한 책은 보는 주제에."

"푸흡?!"

황홀한 표정으로 말하던 아르셰라였지만, 페이나가 아무렇지도 않게 던진 한마디 때문에 크게 동요해서 성대하게 뿜어버렸다.

"어, 어떻게 당신이, 그건……."

"뭐, 이런저런 일이 있었거든."

"……크윽."

"그런데 말이야 아르셰라, 내가 좋아하는 건 시온님 한 사람뿐이야~ 같은 소리 하는 주제에, 야한 책은 즐기고 있잖아. 책에 나오는 미소년을 즐기고 있는 거잖아. 그거, 바람피우는 게 아닌가?"

"……아, 아니에요. 전혀 아니에요. 그건 그거, 이건 이거라고요……."

필사적으로 변명하기 시작하는 아르셰라.

"한마디로 말이죠, 허구는 어디까지나 허구일 뿐이고 허구로서 즐기는 것이지, 현실과는 아무런 관계가 없어요. 허구 속에서 다른 미소년을 즐긴다고 해서 그것을 바람피우는 것이라고 나무라는 것은 너무나 비정한 일이라 생각하고…… 그, 그리고 제 경우에는, 그 미소년을 시온 님이라고 생각하면서 즐기는 부분도 있으니까, 바람을 피우는 게 아니라 오히려 사랑을 더 깊이 다져나가는 행위라고 할 수도──."

"아~ 그래 뭐, 그건 됐고~."

온 힘을 다한 변명을 간단히 넘겨버리고,

"그렇게 재미있으면, 다음에 한 번 빌려줘."

페이나가 그렇게 말했다.

"예?"

아르셰라가 눈이 휘둥그레지고 입이 떡 벌어졌다.

"안 돼?"

"아, 안 되는 건 아니지만……."

너무나 난처해진 아르셰라.

야한 책을 빌려주는 행위—— 인간의 글자나 문화에 대해 잘 모르는 페이나는, 그것이 얼마나 난이도가 높은 일인지 전혀 이해하지 못한 것 같았다.

"그나저나 당신…… 애당초 인간의 글자를 읽지도 못하니까, 빌려봤자 소용도 없지 않나요?"

"아, 그렇구나. 그럼 아르셰라가 읽어줘야겠네."

"그건 절대로 안 돼요!"

자신의 야한 책을, 다른 사람 앞에서 낭독.

그게 대체 무슨 고문인가?

"뭐야~ 아르셰라 쪼잔해~."

"쪼잔하다든지 그런 문제가 아니라……."

그런 시시한 대화를 나누면서, 두 사람은 장을 봤다.

식재료와 생필품 구입.

페이나는 관심이 가는 물건이나 뭔가 새로운 것을 발견하면 혼자서 먼저 가버리려고 했지만, 그럴 때마다 아르셰라가 말렸다.

아르세라 일행이 저택에서 산 지도── 일 년하고 조금 더.

인간 사회에서 살아가는 데도 많이 익숙해졌다. 항상 장을 보러 나오는 비스테아에 단골 가게도 생기기 시작할 정도로.

"어머나. 아르, 페이."

두 사람에게 말을 건 사람은 하얀 앞치마를 걸친 체격이 좋은 여성이었다.

정육점 안쪽에서 얼굴을 내밀고 사람 좋아 보이는 미소를 지었다.

"오랜만입니다 칫타 씨."

"칫타 아줌마, 오랜만이야~."

두 사람도 익숙한 태도로 인사했다.

칫타는 아르세라와 메이드들이 자주 이용하는 정육점의 여성이다.

부부가 정육점을 꾸려나가고 있는데, 이 근처에서는 제일 좋은 고기를 취급하고 있다.

"정말 오랜만이네. 요즘 안 보이던데, 무슨 일 있었어?"

"잠시 여행을 다녀왔습니다."

"아~ 그랬구나. 역시 부자들은 뭔가 다르네."

의심하지도 않고 납득해서 고개를 끄덕이는 칫타.

참고로.

아르세라도 페이나도 사람들 사는 곳에서는 본명을 사용하지 않는다.

이름을 물었을 때는 가명을 쓰고 있다.

아르셰라는 아르.

페이나는 페이.

악명 높은 마왕군 간부──『사천여왕(레이디스토피아)』.

인간으로 변한 지금이라면 생김새 때문에 정체를 들킬 가능성은 낮겠지만, 그래도 본명을 말하면 쓸데없는 혼란을 초래할 우려가 있다.

"오랜만에 왔으니까 잔뜩 사달라고, 나도 서비스해 줄게. 오늘은 말이야, 돼지고기가 좋은 게 들어왔어."

칫타의 권유를 받은 두 사람은 정육점 안으로 들어갔다.

가게 안에 진열된 것들은 대부분 소시지나 베이컨 같은 오래 보존할 수 있는 고기. 일부 생고기도 진열돼 있는데, 부탁하면 안쪽에 있는 아저씨가 고기를 잘라준다.

칫타의 영업 멘트와 아르셰라의 눈썰미, 그리고 페이나의 코 등등 다양한 요소들을 고려하면서, 두 사람은 어떤 고기를 살지 정했다.

"자, 매번 고마워. 또 와줘."

계산을 마치고 가게에서 나오려고 했는데,

"아, 그렇지."

갑자기 칫타가 불러 세웠다.

"두 사람, 혹시 지금 잠깐 시간 있어? 부탁하고 싶은 게 좀 있는데 말이야."

"부탁할 일?"

"우리한테?"

그렇게 물은 두 사람에게, 칫타가 말했다.

"우리 남편하고 아는 사람이…… 지금 좀 힘든 일이 있거든. 혹시 괜찮다면 말이야, 댁들이 어떻게든 해줄 수 있을까 싶어서. 두 사람은 참 예쁘게 생겼으니까 딱 좋을 것 같거든……. 사실은 말이야――."

칫타가 이야기를 시작했다.

결론부터 말하자면―― 두 사람은 그 부탁을 들어줬다.

크게 힘든 부탁도 아니었고, 칫타의 남편은 시내 조합 등에 영향력을 지닌 인물이니까, 여기서 은혜를 베풀어 두면 앞으로 뭔가 도움이 될 거라고 판단했기 때문이기도 했다.

용건 자체는 금세 끝났고, 두 사람은 저택으로 돌아갔다.

하지만 칫타의 이 부탁이―― 나중에 저택에서 일어나게 될 어떤 소동에 아주 조금 영향을 끼쳤다.

시작은―― 그냥 평범한 대화였다.

"어라. 도련님."

저택 복도――

지나가던 이브리스가 시온에게 말을 걸었다.

"그 옷, 뜯어진 거 아닙니까?"

"뭐……?"

이브리스가 셔츠 어깨 부분을 가리켰다.

봤더니 정말로 어깻죽지 부분이 조금 뜯어져 있었다.

"정말이네. 어디에 걸렸었나?"

"벗어주세요. 꿰매드릴게요. 아르세라나 나기가."

"……네가 할 생각은 추호도 없구나."

한심하다고 생각하면서도, 시온은 셔츠를 벗어서 이브리스에게 건넸다.

"그나저나 말이죠~ 도련님은 항상 똑같은 옷만 입네요."

받은 셔츠를 개키면서, 이브리스가 말했다.

"……너희가 『항상 똑같은 옷』 같은 소리를 할 입장인가."

"아뇨, 저희는 괜찮거든요. 메이드는 원래 매일 똑같은 메이드복을 입는 법이니까."

"……너희 옷을 메이드복이라고 해도 되는지는 모르겠지만 말이야."

네 명의 메이드복…… 같은 옷은 각자 조달한 것이다.

처음에는 아르세라가 네 사람의 옷을 전부 준비하기로 했지만…… 자기 것만 『가슴 중심에 구멍이 뚫려 있는』 말도 안 되는 디자인을 특별히 주문해서 만들었기 때문에, 더 이상 통일감이나 격식을 따질 수 있는 상황이 아니게 돼버렸다.

그래서 각자 제멋대로 좋아하는 옷을 주문하게 됐고, 그렇게 해서 지금 이 상황에 이르렀다.

넷은 각자 취향과 고집이 있는 옷인지 같은 옷을 몇 벌이나 만들었고, 그것을 계속 돌아가면서 입고 있다.

"메이드는 메이드복을 입는 법이지만, 도련님은 딱히 뭘 입어야 한다는 게 없잖아요? 그런데 은근히 매일매일 똑같은 옷이란 말이죠."

"내가 입는 옷은 아르셰라가 골라준 것이니까. 그 녀석 나름대로 뭔가 고집이 있겠지."

"아~ 그래서 맨날 반바지만 입는 건가요?"

"……뭐, 그렇지."

부정하고 싶었지만 도저히 그럴 수가 없었다.

아르셰라가 골라주는 옷은 기본적으로 좋은 것들이다.

청결한 느낌의 하얀 셔츠와 시크한 분위기의 조끼.

격식을 갖춘 의상이면서도 곳곳에 장난기가 들어가고, 게다가 움직이기 편한 소재로 만들었다.

패션에 대해 잘 모르는 시온조차도 좋은 센스라는 걸 느낄 수 있었다.

가격도 그렇게 비싸지 않아서, 전체적으로 흠잡을 곳이 없다.

딱 하나, 불만이라고까지 할 정도는 아닌 고민거리가 있는데.

그것은…… 아래쪽이 거의 반바지라는 점이다.

'전에 그런 이야기를 했을 때, 『다음부터는 긴 바지도 준비하겠습니다』라고 했던 것 같은데 말이야…… 결국 거의 달라지지 않았어.'

그 뒤로 늘어난 긴 바지는 딱 한 벌.

아르셰라의 코디네이트는 여전히 반바지 위주였다.

"뭐…… 난 패션에 크게 관심이 없으니까. 골라주는 것만 해도 고맙지."

"흐~응. 그러십니까."

"그래도 솔직히…… 가끔은 다른 옷을 입고 싶다는 생각도 없지는 않은데 말이야."

"없지는 않단 말이죠."

"음. 없지는 않은 수준이다."

살짝 한숨을 쉬면서,

"그렇지, 이브리스."

문득 생각이 나서, 시온이 말했다

"나중에 생각이 났을 때 말이야, 네가 내 옷을 골라줄 수 있을까?"

"제가?"

"그래. 아르셰라한테만 맡기는 것도 미안하니까. 그 녀석은 안 그래도 맡은 일이 너무 많은데, 내 옷을 골라주는 시시한 잡일까지 맡기는 건 너무 미안하다는 생각이 들어서 말이다."

"아뇨, 그 녀석은 틀림없이 자기가 좋아서 도련님 옷을……."

"응?"

"아…… 아니~ 음~ 아무것도 아닙니다. 설명하기 귀찮으니까."

뭔가를 말하려다가 중간에 고개를 젓는 이브리스.

"흐음? 뭐, 그렇다면 됐고."

"아무튼 알겠습니다. 다음에 적당히 골라볼게요."

"부탁한다. 서두를 필요는 없으니까, 정말로 나중에 생각이 났을 때 해주면 돼."

"알겠슴다~."

그런 이야기를 나누고, 두 사람은 헤어졌다.

모든 것은── 그런 시시한 대화에서 시작됐다.

먼저 이브리스한테서 페이나에게.

"뭐~?! 시 님이 옷을 골라 달라는 부탁을 했다고?!"

이야기를 들은 페이나는 바로 분하다는 반응을 보였다.

"왜?! 왜 이브리스한테?!"

"글쎄. 특별한 이유는 없지 않을까? 그냥 마침 내가 지나갔을 뿐이고."

"좋겠다, 진짜 좋겠다~. 나도 시 님 옷 골라주고 싶어~! 코디네이트 하고 싶어~."

"그냥 하면 되잖아."

"하고 싶어도 못 한단 말이야! 그건 아르셰라가 꽉 잡고 있으니까. 『시온 님의 옷을 고르는 것은 메이드장인 제 일입니다』라면서 말이야. 말도 한 마디 못 하게 한 다니까."

"아~ 그러고 보니까 그런 얘기도 했었지."

"직권남용이라니까. 내가 몇 번을 부탁해도 『안 돼요. 당신, 보나 마나 이상한 옷을 고를 거잖아요. 시온 님은 당신의 옷 갈아입히는 인형이 아닙니다』라는 소리만 하더라니까."

"너…… 그런 소리까지 들었냐."

"진짜 너무하지! 시 님을 옷 갈아입히는 인형으로 삼는 게 뭐가 잘못인데!"

"그 반응을 보니까, 아르셰라가 한 말이 맞는 것 같다는 생각이 든다.”

분개하는 페이나를 보며 이브리스는 어깨를 슬쩍 으쓱거렸다.

“뭐, 어쩌네저쩌네 해도 아르셰라가 시 님한테 어울리는 옷을 골랐으니까, 나도 뭐라고 할 수는 없지만~. 그런데…… 사실은 아르셰라도, 은근히 자기 취향대로 옷 입히는 거잖아?”

“뭐?”

“지난번 무투대회 때 시 님이 입었던 여자 옷…… 그거 분명히, 아르셰라가 개인적으로 가지고 있던 거잖아?!”

“아~ 그런 얘기를 했던 것 같기도 하네.”

비스테아에서 열렸던 무투대회.

예전에 『신동』으로 이름을 떨쳤던 시온이 만에 하나라도 정체가 들키는 일이 없도록, 다른 사람으로 변장해서 대회에 참가하기로 했다.

그때 사용한 의상이── 아르셰라가 준비했던, 아무리 봐도 여자아이 것인 의상이다.

“치사하지 않아?! 남한테는 『주인을 옷 갈아입히는 인형으로 삼지 마라』 같은 소리 해놓고, 자기 혼자 완전히 취미를 밀어붙이는 옷을 입히고 있잖아! 너무 치사하지!”

“뭐, 치사하다면 치사하지.”

“지금까지는 그냥 얌전히 아르셰라가 시키는 대로 가만히 있었지만…… 시 님이 명령했다면 얘기가 다르지!”

“……응? 명령?”

“명령이잖아. 한마디로 이브리스한테 옷을 사오라고 한 거잖아? 그러니까 이건…… 시 님이 아르셰라의 코디네이트에 불만이 있다는 뜻이야! 그렇겠지?"

"음…… 뭐, 그렇다고 할 수도 있겠지? 불만이, 없는 건 아닌 것 같으니까……."

"그래, 당연히 그런 거야! 후후후. 지금까지는 아르셰라가 관리하고 있어서 손대지 못했었지만, 시 님이 명령했다면 얘기가 다르지. 시 님의 명령은 메이드장의 명령보다 우선도가 훨씬 높으니까."

"……하지만 네가 명령을 받은 것도 아니잖아."

"무슨 소리야? 아까 이브리스가 말했잖아?『우연히 내가 지나갔을 뿐』이라고. 그렇다면 아르셰라만 아니면 누구든 좋다…… 즉 내가 해도 좋다는 뜻이 되는 거야!"

"음……. 뭐, 그런가. 그런 얘기가 되겠네."

"그치! 좋았어. 이렇게 됐으면 가만히 있을 수는 없지. 지금이야말로 시 님의 패션에 관한 아르셰라의 독재를 타파할 좋은 기회야……!"

"뭐…… 마음대로 해보든지."

"그런 이야기를 나누고, 두 사람은 헤어졌다.

전부 설명하기 귀찮아하는 이브리스와 하나부터 열까지 전부 자기 편한 대로만 해석하는 페이나 때문에, 이야기가 조금 틀어지고 말았다.

그다음은 페이나한테서 나기에게.

"뭣이?! 나리마님이 새로운 의복을 바라신다고?!"

이야기를 들은 나기가 깜짝 놀랐다.

"그래, 맞아, 그렇다니까, 나기."

"허나, 나리마님의 옷은 아르셰라의 관할이 아니던가……?"

"그게 말이야…… 아무래도 시 님이, 아르셰라가 골라주는 옷에 불만이 있다는 것 같아."

"뭣이? 그게 사실인가?"

"응, 확실한 데서 들어온 정보야."

"그랬던가……."

"그래서, 가끔은 우리가 옷을 골라줬으면 싶대."

"나리마님이 그리 말씀하셨다고?"

"……말했다, 고 확실하게 대답할 수는 없지만…… 말하지 않았다고 확실하게 말할 수 없을지도 몰라."

"대체 어느 쪽이냐……?"

"실질적으로 말한 거나 마찬가지야."

"시, 실질……."

"나랑 이브리스는 이미 하기로 결정했으니까, 나기도 같이 하자."

"나도 말인가?"

"응, 사람이 많은 쪽이 만에 하나라도 혼날 때 죄가 분산…… 이 아니고, 이런 이벤트는 다 같이 즐겨야지."

"아니, 난 딱히……."

"나기도 말이야── 솔직히 말해서 있잖아? 시 님이 입어줬으면 싶은 옷이라든지 말이야?"

"으……."

말문이 막히는 나기에게, 페이나가 짓궂게 웃으면서 계속 말했다.

"말은 안 했어도…… 입혀보고 싶은 옷들이 여러 가지 있겠지. 틀림없이 있어. 없을 리가 없다고."

"으으…… 하, 하지만, 그런 짓이 용납될 리가 없지 않은가. 명령을 받은 것도 아닌데, 멋대로 의복을 고르다니……."

"그러니까 명령은 했다니까 그러네. 실질적으로 명령한 거나 마찬가지야."

"실질……."

"응, 나기. 애당초 말이야── 그냥 가만히 명령을 듣기만 하는 게, 정말로 훌륭한 가신인 거야?"

"뭣이."

"정말로 주인을 생각한다면, 때로는 상대의 뜻을 파악하고 알아서 움직이는 것도 중요하지 않을까? 명령하지 않아도 『틀림없이 이런 명령을 할 것 같다』고 눈치채고 미리 움직이는 게 진짜로 훌륭한 가신이 아닐까?"

"나, 나는……."

"그래 뭐, 억지로 하자는 건 아니지만 말이야. 나기가 명령 없이는 움직일 수 없다고 한다면 강요는 안 해. 하지만 시 님은, 우리한테 그런 형태의 충성은 바라지 않는 것 같다고 생각하는데 말이야~."

"——?!"

왠지 한심하다는 것처럼 말한 지적에, 나기는 정신이 번쩍 들어서 고개를 들었다.

"우리가 충성을 맹세한 부하이기는 하지만, 스스로 생각하고 스스로 행동하는 자립 된 존재여야만 한다고. 나는 시 님한테, 그런 메이드가 되고 싶어."

"……네, 네놈의 말이 맞다, 페이나!"

감동한 것처럼 말하는 나기.

"진정한 충신이란 명령이 없어도 주군을 위해서 생각하고 행동해 마땅하다! 주군께서 의복 때문에 고민하고 계신다면…… 명령하시기 전에 준비해야 한다. 그런데 나는……『내 취미를 강요하면 폐가 되는 것은 아닐까』라고 생각해버리고 말했다. 그런 변명으로, 자신의 태만을 긍정하고 있었다……."

"응, 그래, 괜찮아 나기. 알았으면 됐어."

"이번 이벤트, 나도 꼭 참가하도록 하겠다."

그런 이야기를 나누고, 두 사람은 헤어졌다.

자기한테 편한 쪽으로만 말하는 페이나와, 남의 말을 고지식하게 받아들이기 쉬운 나기 때문에, 이야기가 또 조금 더 틀어지고 말았다.

다음은 나기한테서 아르세라에게.

"뭐?! 다 같이 시온 님의 옷을 고른다고?!"

이야기를 들은 아르셰라는 깜짝 놀랐다.

"어, 어째서, 그런 일이……?"

"뭔가 그런 이벤트가 있다는 것 같다."

"이럴 수가…… 시온 님은, 뭐라고 하셨지?"

"아무래도 시온 님께서 발안하신 것 같다."

"저, 정말로?"

"정말이라고도 할 수 있고, 아니라고도 할 수 있다."

"……뭐? 대, 대체 어느 쪽이야?"

"아르셰라. 그저 가만히 명령에 따르기만 하는 것이 충신이라고 할 수는 없지 않은가? 주군의 심정을 헤아리고 명령할 필요도 없이 자주적으로 움직였을 때, 비로소 진정한 가신이라고 할 수 있지 않겠는가?"

의연한 태도로 말하는 나기.

아르셰라는 머리 위에 특대형 물음표를 띄우며 말했다.

"……그, 그렇다고 치고. 그런데 어째서 이런 일을……?"

"나리마님이 하시는 일이니, 틀림없이 깊은 생각이 있겠지."

"하지만 시온 님 옷은 지금까지 계속 내가 골랐었는데……."

"그렇기에 이번에는 너를 제외한 세 사람이 옷을 고른다는 쪽으로 이야기가 흘러가고 있다."

"큭…… 그게, 시온 님의 뜻이야……?"

"뜻, 이라고 할 수도 있고 아니라고 할 수도 있다. 뭐, 실질적으로 그런 것이다."

"실질……. 그렇구나……."

아르셰라의 눈동자에 깊은 절망과 슬픔이 드리웠지만, 동시에 그 입가에는 모든 것을 받아들이겠다는 것만 같은 자조하는 미소를 짓고 있었다.

"그렇다면, 어쩔 수 없네. 그것이 시온 님의 뜻이라면, 나는 그저 따를 뿐……."

"아르셰라── 넌 정말 그걸로 좋은가?"

"뭐?"

"사실은 네게는 말하지 않고, 셋이서 조용히 일을 추진할 예정이었다. 하지만 뭐라고 할까…… 그래서는 공정하지 않은 것 같다는 생각이 들었다. 그래서 내 독단적인 판단으로, 이렇게 보고하러 온 것이다."

"나기……."

"아르셰라여. 너도 여러모로 생각이 있겠지. 그러니 말이다, 지금 여기서 정정당당하게 겨뤄보지 않겠나? 네가 『자신의 옷 고르는 실력에 절대적인 자신이 있다』고 생각한다면, 우리와 싸워서 그것을 증명하면 된다. 물론 나도 질 생각은 없지만."

"……후, 후후후."

절망하는 기색이 짙었던 아르셰라의 얼굴에 희망의 빛이 드리웠다.

"나기. 당신은 정말로 손해 보는 성격이군요."

"손익 감정만 가지고 살아갈 수는 없는 노릇이니까."

"좋아요. 메이드장의 특권으로 옷을 골라드렸다는 소리를 듣는 것도 마음에 안 드니까, 마음껏 싸워보도록 하겠어요."

"좋다. 정정당당히 겨뤄보자."

그런 이야기를 나누고, 두 사람은 헤어졌다.

성실하고 고지식한 나기와 다른 두 사람이라면 또 모를까 나기가 하는 말이라면 틀림없을 거라고 생각해버린 아르세라 때문에, 이야기가 상당히 뒤틀리고 말았다.

그리고 아르세라한테서 또다시 이브리스에게.

"뭐?! 도련님 옷 고르기 대회가 열린다고?!"

이브리스는 의미를 모르겠다는 얼굴이 됐다.

"왜 그런 귀찮은 이벤트가……?"

"전부 시온 님의 뜻이야."

"도련님이 그런……?"

"말했다고 할 수도 있고 아니라고 할 수도 있어."

"……어느 쪽인데."

"당신도 참가할 거지? 이브리스."

"뭐? 내가 왜?"

"당신은 참가한다고 들었는데."

"난 그런 소리 한 적 없는데……."

"흐응? 뭐, 좋아. 어쨌거나 전원 참가라는 것 같으니까, 당신도 꼭 참가하세요."

"……."

"우승자에게는 뭔가 특별 보너스가 있다는 소문도 있어."

"특별 보너스…… 헤에, 경품이 있다니까 조금 의욕이 생기는데."

"나는 경품 따위는 필요 없다고 생각하지만. 시온 님이 내가 선택한 옷을 입어주시다니, 그것보다 큰 명예는 없으니까."

"호오. 그럼 아르셰라가 우승하면, 경품은 내가 가져도 되겠네."

"……그것과 이건 또 다른 얘기야."

"뭐야. 재미없게. 그런데 대체 뭘까, 경품. 그렇게 큰일을 벌일 정도니까, 상당히 좋은 물건이겠지."

그런 이야기를 나누고, 두 사람은 헤어졌다.

그 뒤에 이브리스는 다시 페이나를 찾아가서 이야기를 했고, 또 그 뒤에 페이나가 나기한테 갔고── 말 전하기 게임이 거듭된 결과, 이야기는 점점 엉뚱한 방향으로 틀어져 갔다.

며칠 뒤──

"에~ 그럼 기념비적인 제1회 『주인님 옷 고르기 대회』, 시작합니다~!"

저택의 한 방에서, 이상한 이벤트가 시작됐다.

페이나가 큰 소리로 선언하자 다른 세 사람도 환호성 같은 소리를 질렀다.

그리고 방 한쪽 구석 자리에 앉아 있는 시온은 이게 무슨 사태인지 전혀 이해하지 못한 채 어안이 벙벙해져 있었다.

'……이, 이게 대체 어떻게 된 거야……?'

도저히 의미를 알 수가 없었다.

뭐가 어떻게 된 건지, 전혀 모르겠다.

혼란의 극치에 빠져 있는 시온을 무시하고, 페이나가 사회자 같은 말투로 계속 이어나갔다.

"규칙은 아주 간단! 각자 준비한 옷을 이 대회의 주최자인 시 님께 선물하고, 그 우열을 판단해달라고 하는 겁니다."

'……내, 내가 주최자?'

곤혹스러워하는 시온.

"그리고 시 님이 제일 마음에 든다고 한 옷을 제안한 사람이, 우승하는 거예요."

'……내, 내가 고르는 거야?!'

깜짝 놀라는 시온.

"우승자한테는 바로, 금일봉과 특별 휴가, 그리고 시 님과의 당일치기 온천여행을 선물합니다! 여러분, 우승하고 싶으신가요~!"

"""예~!"""

"경품이 너무 많은 거 아냐?!"

결국 참지 못하고 한마디 하는 시온.

"자, 잠깐만…… 잠깐만 기다려봐 너희들…… 이게 무슨 상황인지 도저히 모르겠다만."

"뭐야~ 왜 그러는데 시 님. 기껏 이렇게 분위기가 달아올랐는데 말이야."

"이게…… 대체 뭐지?"

시온은 근본적인 부분에 대해 물었다.

하지만 네 명 모두가 깜짝 놀라서 고개를 갸웃거렸다.

아르셰라가 대표로 입을 열었다.

"뭐지, 라는 게 대체 무슨 말씀이신지?"

"아니, 그러니까…… 이게 뭐냐고. 이 이벤트가 대체 뭔데? 어째서 내 옷을 고르는 대회가 열린 거야?"

"어째서냐니…… 시온 님이 발안하신 것이 아니었나요?"

"내가 발안했다고?! 그럴 리가 없잖아!"

너무나 당혹스러워서 큰소리를 지르는 시온.

하지만 아르셰라도 곤혹스러운 표정을 지었다.

"그럴 리가…… 왜냐하면 저는 나기한테 그렇게 들었습니다."

"나기가……?"

"저는 페이나에게 그렇게 들었사옵니다."

"페이나가……?"

"난 이브리스한테 들었어~."

"이브리스가……?"

"난 아르셰라한테 들었거든."

"아르셰라가── 뭐, 뭐야, 이상하잖아! 한 바퀴 돌았어!"

당황해서 딴죽을 걸었지만, 메이드들은 그저 깜짝 놀랄 뿐. 다 같이 서로 얼굴을 맞대고 이상하다는 표정을 지을 뿐이었다.

'이상하네…… 어쩌다 이렇게 됐지……?'

짚이는 일이라면, 이브리스한테『생각이 나면 옷을 골라줘』라고 부탁한 것 정도.

그 별생각 없는 한 마디가 이런 혼돈의 사태를 불러왔다는 것인가.

"자, 자, 시 님, 아무러면 어때."

깊은 혼란 한가운데에 빠져 있는 시온에게 페이나가 말했다.

"계기가 어떻게 됐건, 기왕에 재미있는 이벤트가 시작됐으니까 그냥 이대로 계속하자."

"아무리 그래도 말이야……."

"다들 옷을 준비해 왔는데, 이제 와서 안 한다고 하면 너무 재미없잖아~."

"…………아, 알았다."

하고 싶은 말은 많았지만, 메이드들이 기대하는 시선으로 쳐다보고 있으니 최종적으로는 고개를 끄덕이는 수밖에 없었다.

그렇게 해서 시온의 별생각 없는 한 마디 때문에—— 옷 고르기 대회가 시작되고 말았다.

선물하는 순서는 가위바위보라는 엄정한 수단을 통해서 결정했다.

첫 번째는—— 이브리스.

"으엑. 내가 1번이냐……."

내키지 않는다는 것처럼 얼굴을 찌푸렸다.

"후후. 아쉽게 됐네~ 이브리스."

"이 대회에서는 1번이 압도적으로 불리해. 이후 심사의 기준이 돼버릴 테니까. 아무래도 높은 점수를 받기는 힘들 거야."

"운도 실력, 이라는 것이다."

'……뭐야 이 살벌한 분위기는?'

진지한 얼굴로 분석하는 세 사람을 보며, 시온은 마음속으로 그렇게 한 마디 했다.

"흐아~ 아. 뭐 됐고. 어쩔 수 없네."

이브리스는 마음을 다잡으려는 것처럼 그렇게 말하고는 자신이 준비해 온 옷을 꺼냈다.

"제가 제안하는 옷은── 이겁니다."

그렇게 말하고 보여준 것은…… 거대한 인형 같은 옷이었다.

몸 전체를 완전히 뒤덮는 크기에 머리에는 곰을 연상케 하는 동그스름한 귀가 달린, 곰 인형 같은 옷인 것 같다.

"뭐, 뭐냐 이건……?"

"이건, 도련님의 새 잠옷입니다."

"잠옷……?"

곤혹스러워하는 시온에게, 뒤쪽에서 경악하는 목소리가 날아왔다.

"크윽…… 이런. 이브리스 너, 이 무슨 참신한 발상을……!"

"그러게…… 완전히 방심했어. 설마 옷을 고르는 승부에서 잠옷을 준비할 줄이야! 그런 건 생각도 못 했어!"

"이브리스…… 평소처럼 귀찮아하면서 대충 고를 거라고 생각했거늘…… 엄청난 다크호스가 돼버렸구나."

페이나, 아르셰라, 나기가 제각기 감탄하는 말을 했다.

'……뭐지, 이 촌극은?'

시온 혼자만 도저히 분위기를 따라가지 못했다.

"도련님, 새 잠옷으로 이런 건 어떤가요?"

"아니…… 이건 좀, 너무 귀여운 것 같은데 말이야?"

"생김새만 보고 판단하면 안 됩니다. 이건 기능이 정말 대단하다고요. 자, 도련님. 한 번 만져보세요."

"흐음…… 호오. 이건."

"어때요? 촉감이 정말 좋죠? 제가 정말 신경 써서 골랐다고요."

이브리스가 말한 대로, 그 옷의 촉감은 정말 훌륭했다.

폭신폭신하면서도 손에 감겨드는, 정말 행복해지는 촉감이었다.

이 촉감에 안긴 채로 잠들 수 있다면, 정말 기분이 좋겠지.

"……분명히, 좋은 촉감이다."

"그죠?"

"응, 대단해. 정말 대단한 촉감이다. 하지만——."

시온이 말했다.

"이거, 촉감이 좋은 건 바깥쪽뿐이잖아?"

옷 바깥쪽은 꼼꼼하게 손을 써서 만든 아주 훌륭한 촉감의 소재지만, 반대로 안쪽—— 한마디로 시온의 몸에 닿는 부분은 지극히 평범했다. 그렇다고 끔찍하게 나쁜 건 아니지만, 그렇다고 뭔가 특징이 있는 것도 아니다.

'……처음부터, 잠옷으로 만든 물건이 아니려나?'

지극히 평범한, 사람을 동물 인형처럼 만들어주는 옷으로 보인다.

잠자리의 편안함 같은 건 전혀 고려하지 않았다.

이걸 입고 자면…… 꽤나 불편할 것 같다.

"무슨 소립니까 도련님. 인형 탈이니까 바깥쪽에 신경 쓰는 게 당연한 일 아니겠어요? 안에 신경 써서 뭘 어쩔 건데요?"

"그러니까…… 착용감도 중요하다고 생각하는데."

"그 최고의 촉감을 가진 옷을 도련님이 입고서 저랑 같이 잔다. 그러면…… 저는 정말 기분 좋게 잘 수 있을 것 같아요."

"그거, 난 완전히 잘 때 끌어안는 인형 취급이잖아?!"

"부정은 안 할게요."

"부정해! 몇 번이나 말했잖아! 난 그런 물건이 아니라고!"

"아니~ 솔직히 도련님은 안았을 때 느낌이 너무 좋다고요. 그런 도련님이 이런 것까지 입고 잔다면…… 그냥 최고 아니겠어요. 솔직히, 평생 이불 밖으로 못 나올 것 같아요."

"……아주 뻔뻔할 정도로, 자기 생각만 하고 있구나."

"아뇨, 다른 사람들에 대해서도 생각했는데요."

그렇게 말하더니, 이브리스가 뒤쪽에 있는 세 사람 쪽을 봤다.

"그치? 너희들도 이 옷을 입은 도련님을 끌어안고서, 같이 자고 싶지?"

"""……!"""

"일제히 일어나지 마! 덜컥, 하고 의자를 쓰러트릴 기세로 일어나지 말라고!"

동시에 완전히 똑같은 행동을 한 세 사람에게 한마디 한 뒤에,

"아무튼…… 기각이다 기각! 난 이딴 것 절대로 안 입어!"

거친 목소리로 소리치는 시온.

이브리스의 심사, 종료.

다음은 나기 차례였다.

"내 차례인가."

긴장한 얼굴로 준비하는 나기.

'뭐…… 나기라면 괜찮겠지.'

나기라면 완전히 엉뚱한 것을 제안하는 일은 없을 것이다.

시온은 나기의 성실함과 꼼꼼한 성격을 신뢰하고 있다.

"제가 제안할 것은── 유카타입니다."

"호오."

나기가 보여준 옷은 얇은 홑겹 한 장처럼 보였다.

파란색 바탕의 시원한 디자인이면서도, 곳곳에 세심하게 수를
놓았다.

"이건…… 나기네 고향 옷인가?"

"예. 저희 조국에서 하기(夏期)에 많이 입는, 전통적인 의상입니
다."

"그렇구나…… 흐음. 이걸 걸치고, 허리에 띠를 매는 방식인가.
나기가 평소에 입는 옷과 비슷한 구조 같은데."

"그렇습니다만, 유카타 쪽이 훨씬 간단하게 입고 벗을 수 있습
니다."

"흐음…… 좋구나, 이건."

"저, 정말이십니까?"

"그래."

기뻐하며 미소를 짓는 나기에게 고개를 끄덕여 보이는 시온.

빈말이 아니라 정말로 좋다고 생각했다.

'음…… 무난하고 좋은데.'

다른 나라의 문화에도 관심이 가고, 무엇보다 시온을 생각해서 어울리는 디자인으로 만들어준 것처럼 보인다.

역시 나기, 라고 안도하는 시온.

"나리마님…… 그렇다면 한 번 입어보시면 어떻겠습니까?"

"그래. 착용감도 한 번 확인해볼까."

"알겠습니다. 그럼── 속옷까지 전부 벗어 주십시오."

"알았── 속옷까지?!"

중간에 깜짝 놀란 시온.

하지만 나기는 아주 진지한 표정이다.

농담이 아니라 진심으로 말한 것 같다.

속옷을, 벗으라고.

"나, 나기…… 어째서 속옷을 벗어야 하는 거지? 그냥, 걸치기만 하면 되잖아?"

"아뇨, 그러니까…… 유카타 밑에는 아무것도 입지 않는 것이 관례라서…… ."

"관례……? 너희 나라에서는 다들 그렇게 하는 건가……?"

"예. 기본적으로는 아무것도 입지 않습니다."

"……벼, 변태들의 나라냐?"

"변태들의 나라가 아닙니다! 그런 문화일 뿐입니다!"

얼굴이 새빨개져서 주장하는 나기.

뒤에서 다른 사람들이 소곤거리는 소리가 들린다.

"……나기네 나라는 정말 변태 같은 문화 투성이네."

"나무로 고추를 만들어서 장식하는 나라잖아."

"그러게, 고추에 얼굴을 그려서 장식하는 나라니까."

"네놈들, 다 들린다! 남의 조국을 우롱하다니……! 그리고 그건 고추가 아니라 『코케시』라고 몇 번을 말해야 알겠느냐!"

진심으로 화를 내는 나기.

"……나기. 너희 나라 문화에 대해서는 잘 알겠다."

최대한 냉정하게, 시온이 말했다.

"하지만, 지금은 속옷 정도는 입어도 되지 않을까?"

"아, 아니 됩니다, 나리마님. 유카타는 천이 얇아서, 속옷을 입으면 다 비치는…… 되레 꼴사나운 상태가 돼버립니다. 나리마님이 그런 창피를 겪으시게 할 수는 없습니다."

"그, 그런가……."

나름대로 중요하게 여기는 게 있는 것 같다.

"하지만…… 굳이 속옷을 입어야만 하시겠다면, 딱 한 가지 방법이 있습니다. 비치지 않는 속옷을 입으면 됩니다."

"그런 속옷이 있어?"

"예. 즉 『훈도시』를──."

"기각!"

나기의 심사, 종료.

세 번째는 페이나.

"후후후. 드디어 내 차례가 왔구나."

의기양양한 표정을 짓고 있다.

시온은 너무나 불안한 기분이 들었다.

"내가 준비한 건 말이야…… 짜잔~!"

"뭐, 뭐야 이건?!"

힘차게 보여준 의상을 보고, 시온은 뒤로 자빠질 뻔했다.

뭔가 반짝반짝 빛나는 의상.

요란한 장식이 잔뜩 달려 있는데, 그러면서도 천의 면적은 이상할 정도로 작다. 마치 수영복 같은 디자인이고, 하늘하늘한 장식 천이 늘어져 있다.

"이건 말이야── 댄서 의상!"

"대, 댄서?!"

"응! 댄서!"

"……우, 웃기지 마라! 내가 그딴 걸 입을 리가 있겠나! 댄서라니…… 어째서 남자인 내가 그런 옷을…….'"

"어이쿠, 시 님. 그건 남녀 차별이거든. 댄서를 여자 직업이라고 단정하는, 그런 편견에 빠져 있는 발언이야. 난 좋다고 생각하는데 말이야. 남자 댄서가 있어도 좋을 것 같거든."

"……댄서라는 직업에 대해 뭐라고 하는 게 아니다. 그 옷이 딱봐도 여성용이라서 하는 소리야."

"괜찮아, 괜찮다고. 틀림없이 시 님한테 어울릴 테니까."

"어울려도 문제다!"

있는 힘껏 소리치는 시온.

댄서 의상을 제안한 데다 『어울린다』고 역설까지 해서, 마음에 엄청난 충격을 받았지만—— 사실 이 자리에는 또 한 사람, 충격을 받은 사람이 있었다.

"이럴, 수가……."

아르셰라였다.

그녀는 놀란 표정을 지으면서 비틀비틀 일어섰다. 그리고는 자신이 준비한 의상을 가지고 왔다.

"말도 안 돼…… 설마, 이런 일이 일어나다니……."

동요한 마음을 말로 표현하며, 준비해 온 의상을 보여줬다.

"뭐!?" "어?!"

시온과 페이나가 깜짝 놀랐다.

아르셰라가 준비해 온 의상—— 그것은, 댄서 의상이었다.

그것도 페이나가 준비한 것과 완전히 똑같은 디자인.

"설마, 아르셰라도 그 가게에서……."

"그래요. 아무래도 똑같은 생각을 했던 것 같군요. 참으로 유감이지만."

놀라움을 드러내면서도, 두 사람 모두 어딘가 납득한 것 같은 표정을 짓고 있었다.

"뭐야~ 설마 겹치다니…… 최악이다."

"그건 제가 할 말입니다……."

"아르셰라, 이건 당연히 먼저 한 사람이 이기는 거겠지. 내 순서가 더 빨랐으니까, 아르셰라는 자숙해."

"웃기지 마세요. 그런 규칙은 없습니다."

"그럼 어쩔 건데? 둘 다 똑같은 의상인데."

준비한 의상이 완전히 겹쳐버린 두 사람이 적개심을 드러내며 눈싸움을 벌였지만,

"……잠깐만."

갑자기 아르셰라가 생각에 잠기는 표정을 지었다.

"페이나. 반사적으로 싸우는 자세가 됐지만…… 냉정하게 생각해보면 우리가 싸울 이유가 없을 지도 몰라요."

"뭐? 무슨 소리야?"

"저희 두 사람은 완전히 똑같은 옷을 제안했어요. 즉…… 저희 중에 어느 한쪽이 이기건 상관없다는 뜻이죠. 그렇잖아요, 누가 이기건—— 시온 님은 이 댄서 의상을 입어주실 테니까."

"아……. 그렇구나!"

"경품 일은 미뤄두고…… 지금은 일시적으로 휴전하는 쪽이 좋을 것 같군요. 여기서 괜히 싸우면 둘 다 지는 겁니다. 하지만 손을 잡으면—— 저희가 지는 일은 없습니다."

"그래, 맞는 말이야. 왜냐하면 네 명 중에 두 명이 똑같은 옷을 제안한 거니까. 생각하기에 따라서는 우승이 확정된 거나 마찬가지잖아!"

"아앙? 뭐라고?"

"그냥 넘어갈 수 없는 발언이군."

승산이 보여서 흥분한 아르셰라와 페이나. 당연하다고나 할까,

다른 두 사람이 반론했다.

"니들 의상은 겹쳤으니까 실격이야."

"뭐어? 그런 규칙은 없거든~."

"규칙에 대해 따지자면, 너희 둘이 손을 잡아봤자 달라지는 것은 아무것도 없다. 모든 것은 나리마님의 심사에 의해 결정되는 것이 아니던가."

"예, 맞아요. 하지만…… 만약에 시온 님이 이 중에 어느 것도 선택하지 않으신다면── 그다음에는 저희가 투표를 해서 우승자를 정하게 되어 있어요."

"뭐라고!? 그런 규칙은 못 들었는데?!"

"사전에 나눠준 규칙 일람에 명기돼 있어요."

"그딴 걸 누가 읽어!"

"큭……. 이럴 수가. 정말로 적혀 있다……!"

"넌 읽은 거냐, 나기!"

"역시 대단해 아르셰라! 진짜 나이스하게 못돼먹었어! 나이스하게 음험하고! 같은 편이 되면 정말 믿음직하다니까!"

"우후후. 나중에 두고 봅시다, 페이나."

시끄럽게 야단법석을 떠는 네 사람.

마침내 각자 옷을 끌어안고, 시온 쪽으로 달려왔다.

"도련님! 제 잠옷이 제일이죠?!"

"아니, 제 유카타야말로 나리마님께 어울린다고 생각합니다!"

"댄서가 좋지, 시 님!"

"댄서로 하시지요, 시온 님."

"…………."

말없이, 시온이 몸을 부들부들 떨었다.

영문을 알 수 없는 상황, 너무나 부조리한 전개…… 참고, 참고, 또 참아왔지만,

"……전부 안 입어. 입을 리가 없잖아."

마침내 정신이 한계에 도달해버렸다.

"너희들, 나 가지고 장난치는 것도 적당히들 해! 중지다 중지. 이딴 대회, 지금 당장 중지야!"

방 안에 울려 퍼지는 고함소리는 너무나도 공허했다.

그렇게 해서 별 생각 없는 한 마디 때문에 시작된 대회는, 엉망진창인 상태로 막을 내렸다.

중지된 대회의 뒷정리를 하던 중에──

"……그리고 보니까 아르셰라, 페이나."

문득 생각이 나서, 시온이 두 사람에게 물었다.

"아까『그 가게』라고 했는데…… 둘 다 같은 가게에서 댄서 의상을 구입한 거야?"

생각도 못 한 의상 중복.

『댄서』라는 생각이 겹치는 일은 없을 텐데…… 아니, 그건 그렇다 치고『시온에게 댄서 의상을 입히고 싶다』고 생각한 사람이 여러 명 있다는 사실 자체가 여러모로 복잡한 기분이었지만── 어쨌거나.

이번에는 테마 정도가 아니라 의상 자체가 완전히 겹쳐버려서, 두 사람 모두 똑같은 옷을 가져오고 말았다.

이게 전부 우연이라고 생각하기는 힘들다.

두 사람에게 뭔가 공통된 일이 있었다고 생각해야겠지.

"아~ 응, 뭐 그랬지."

고개를 끄덕이는 페이나.

"실은 얼마 전에, 이런저런 일이 있었습니다."

아르셰라가 설명했다.

"사흘 전쯤에, 페이나와 둘이서 비스테아로 장 보러 나갔다가…… 단골 가게에서 사소한 부탁을 받았습니다."

"부탁?"

"아는 사람이 운영하는 주점이 정기적으로 댄서를 불러서 공연을 한다는 것 같은데, 부탁했던 댄서가 갑자기 못 오게 되는 사고가 생겼다고 해서……."

"그래서 우리가 대신 춤춰줄 수 있겠냐는 부탁을 받았지~."

페이나가 결론을 가로챘다.

"그런 일이 있었군."

"처음에는 제가 춤출 생각이었지만…… 그러니까."

말문이 막히는 아르셰라.

그랬더니 페이나가 못 참겠다는 것처럼 웃음을 터트렸다.

"후후. 아르셰라는 말이야, 너무 야해서 안 된다고 했어."

"페이나."

매섭게 노려본 뒤에, 이번에는 미안하다는 눈으로 시온을 봤다.

"그, 그게 아닙니다. 시온 님…… 결코 시온 님이 아닌 다른 분을 유혹하려 한 것은 아닙니다. 그저…… 준비돼 있던 댄서 의상들이 하나같이 사이즈가 작았고…… 그래서, 약간 음탕한 느낌이……."

"왠지 말이야, 요즘 주점에서 그런 행사를 하는 것도 규제가 심해졌다나 봐~. 엄청 야한 걸 하려면, 창관 같은 데가 있는 환락가에 가서 해야 한다나."

"그…… 그런가."

왠지 납득이 가는 시온.

크기가 작은 댄서 옷을 입은 아르셰라── 그건 아마도…… 아니, 아무리 생각해도 너무나 음탕한 모습이 돼버렸겠지.

규제당해도 어쩔 수 없을 것이다.

"그럼…… 페이나가 춤을 춘 거야?"

"응, 그렇지 뭐."

"놀랐는데. 너한테 그런 특기가 있었다니."

"아하하. 대단한 것도 아냐. 그냥 적당히, 대충했어."

"어머나, 꽤나 겸손하군요 페이나."

신기하다는 것처럼 말하는 아르셰라.

"당신의 춤, 상당히 평판이 좋았잖아요. 가게 주인 분도 『다음에 또 부탁해』라고 말씀하셨는데."

"뭐야~ 그런 소리 하지 마! 아르셰라. 그렇게 대단한 것도 아니니까."

손을 열심히 흔들며, 웬일로 쑥스러워하는 것 같은 반응을 보이는 페이나.

'페이나의 춤, 이라……'

솔직히 이미지가 떠오르지 않는다.

지금까지 살아오면서 페이나가 춤을 추는 모습은 한 번도 본 적이 없었다.

페이나는 대체 어떤 춤을 보여줬던 걸까.

"아, 맞다 시 님. 주점 하니까 생각났어."

화제를 바꾸고 싶은 건지, 페이나가 말을 꺼냈다.

"댄서 의상 빌리러 주점에 갔을 때 말이야, 재미있는 정보를 입수했거든?"

"재미있는 정보?"

"응── 온천에 대한 정보!"

의기양양하게 말하는 페이나.

문득 생각이 났다.

조금 전에 했던 대화에서 멋대로 경품으로 내걸었던 『당일치기 온천 여행』.

아무래도 뜬금없이 준비한 경품은 아니었던 것 같다.

제 4 장

전직 용사는 온천에 간다

로가나 왕국.

왕도—— 로디아.

왕궁에 인접한 기사단 본부.

그 내부에 있는 집무실에는 단복을 입은 남녀 두 명이 있다.

남자는 이목구비가 수려하다는 말이 잘 어울리는 미청년.

레비우스 벨터 서게인.

명문 서베인 가운의 적자이자 2년 전에 용사 파티의 일원으로서 마왕을 토벌하러 갔던 영웅 중에 한 사람.

그리고.

마왕을 쓰러트린 용사—— 였던 것으로 되어 있는 청년.

"콜."

레비우스가 시원한 목소리로 말했다.

손에는 다섯 장의 트럼프 카드를 쥐고 있다.

테이블 맞은편에서 그와 대치하는 사람은 블로어 로즈.

서게인 가문을 섬기는 고용인 중의 한 명이고, 어릴 적부터 레비우스의 시중을 들어왔다. 지금은 부대장을 맡고 있는 레비우스의 부관으로서 그의 업무를 보조하는 역할을 맡고 있다.

"으, 으음⋯⋯."

레비우스의 말을 들은 블로어의 안색이 안 좋아졌다. 게다가 카드를 든 손이 부들부들 떨리기 시작했다.

"괘, 괜찮으시겠습니까, 레비우스 님? 제 족보, 꽤 높습니다만."

"콜."

"……저, 정말로, 엄청나게 높습니다?"

"콜."

"……생각을 바꾸시려면 지금──."

"콜이다. 이제 그만 패를 열어보라고."

질렸다는 것처럼 말한 뒤에, 레비우스는 손을 뻗어서 블로어의 카드를 억지로 보이게 했다.

"아, 아아…….."

블로어는 절망한 표정을 지었다.

들고 있던 카드가── 후두둑.

결국은, 꽝이었다.

"역시나. 좋았어, 내가 이겼다."

씁쓸하게 웃으면서 말한 뒤에 레비우스가 자기 카드를 공개했다.

4 원 페어.

족보치고는 상당히 낮은 쪽에 해당하지만, 그래도 꽝보다는 높다.

레비우스는 탁자 위에 쌓여 있는, 칩 대신 사용하던 성냥개비를 자기 쪽으로 쓸어갔다.

"이걸로 내가 5연승인가."

"아, 으으…….."

"다행이네 블로어. 정말로 돈을 걸었다면 월급이 전부 날아갈 뻔했어."

"거, 걸 리가 있겠습니까. 저는 레비우스 님과 달라서 낮은 월급으로 검소하게 살고 있는 몸이니까요."

큰 소리로 호소한 뒤에 삐쳤다는 것처럼 입을 삐죽 내미는 블로어.

"정말이지…… 레비우스 님은 너무 잘합니다. 좀 봐줘 가면서 해주세요."

"블로어가 너무 약한 거야. 표정이 정말 알기 쉽거든.

"아으…… 제가, 그렇게 알기 쉽습니까?"

"뭐, 알아보는 건 나 하나뿐일 수도 있지만."

어린 시절부터 같이 지내온 사이니까.

그렇게 말하고, 레비우스는 자리에서 일어났다.

그리고는 창밖을 바라봤다.

"음. 오늘은 날씨가 정말 좋네."

"……이렇게 속 편하게 있어도 되는 걸까요?"

블로어가 트럼프와 성냥개비를 치우면서 말했다.

"기사단 본부 집무실에서, 이렇게 놀아도 되는 건지…….."

"가끔은 이런 날도 있어야지. 얼마 전에 있었던『노예 해방 운동』건은 큰 수고를 들이지 않고 해결됐잖아."

『노예 해방 운동』이란 얼마 전에 일부 귀족들 사이에서 벌어졌던 노예 제도 철폐를 요구하는 운동이다.

귀족 출신이자 기사단 부대장을 맡고 있던 남자── 카밀 발라엘단이 그 중심에 있었다.

아인이나 노예에 대한 차별을 없애고 이 나라를 보다 좋은 나라로 만들기 위한 활동── 이라는 것은 명목상의 이야기에 불과했다.

그 실태는 극도의 차별주의자였던 카밀의 주도하에 노예를 제거하는 것이 목적인 활동이었다.

생각 없는 귀족 몇 명이 정말로 나라를 위한 일이라 믿고서 활동에 참가했다는 것 같은데── 카밀은 그런 자들의 선의를 이용해서 자신의 목적을 수행하려고 했다.

아인을 지키기 위한 목적도 있었던 노예 제도를 철폐하고, 아인을 국외로 추방하고자 했다. 그리고 그 뒤에서는 외국에 있는 연구기관과 밀약을 맺고서, 국내의 아인 노예들을 연구 재료로 팔아넘기려고까지 했다.

하지만 결국, 그의 목적은 전부 실패로 끝났고──

결국 카밀 자신도 목숨을 잃고 말았다.

"그런데…… 시온 터레스크의 보고가 사실일까요?"

블로어가 말했다.

"원초의 슬라임…… 옛 문헌에만 등장하는 전설적인 마수가 나타나서, 카밀을 삼켜버렸다니."

"아마도 사실이겠지. 나도 쉽게 믿을 수는 없지만…… 그 녀석이 그런 시시한 거짓말을 할 것 같지도 않으니까.

카밀의 운동── 원래 기사단은 거기에 주목하고 있었다.

그를 체포하기 위해서 조사를 진행하고 있었는데, 용의주도하고 교활한 카밀은 눈에 띄는 증거를 전혀 남기지 않았고, 정부나 기사단 상층부와의 연줄도 강하다보니 조사는 난항을 겪었다.

그런데, 그런 상황 속에서.

레비우스에게, 시온이 보낸 보고가 들어왔다.

엘프 노예를 쫓아서 엘트 지방까지 갔던 카밀이—— 자신이 불러낸 원초의 슬라임에게 삼켜져서 절명했다는 보고가.

"뭐, 사실이건 아니건…… 있는 그대로 위쪽에 보고할 수 있는 내용은 아니지만. 어차피 아무도 안 믿을 테니까, 적당히 각색하는 게 제일이야."

시온의 보고를 받은 레비우스는, 위쪽에 이렇게 보고했다.

조사의 손길이 다가왔다는 것을 알아차린 카밀이 외국으로 도망치려고 했는데, 그러던 중에 마수의 습격을 받아서 사망했다, 고.

거의 진실이기는 하지만, 거짓말도 적당히 섞인 보고.

카밀이 사체도 남기지 않고 죽어버린 덕분에, 얼마든지 마음대로 조작할 수 있었다.

그래서 뒷일은 순식간에 해결됐다.

카밀이 죽었다는 소식이 전해지자 그에게 협력하던 자들이나 깊은 교류를 가졌던 자들이 앞다퉈서 『우리는 피해자다. 카밀에게 속았다』고 주장했다.

모든 죄는 죽은 사람에게 뒤집어씌우고, 사건은 간단히 막을 내렸다.

"어쨌거나 이번에도 시온한테 도움을 받고 말았어. 그 녀석이 보내온 보고가 없었으면 여러모로 훨씬 귀찮았을 테니까."

"레비우스 님은 그 소년을 과대평가하고 계십니다. 이번 일도 그저 우연이 아니겠습니까."

"우연일까 운명일까. 어느 쪽이건 그 녀석은 그런 별의 운명을 지니고 태어났겠지. 아무리 은거하려고 해도, 세상이 그 녀석을 그냥 놔두질 않는 것 같아."

한숨을 쉬면서 말하고 슬쩍 웃는 레비우스.

"레비우스 님……."

"그런 얼굴 하지 말라고 블로어. 삐친 게 아니야. 난 나대로 해야 할 일을 하면 그만이니까."

걱정하는 표정을 지은 블로어에게 다가가서 머리를 톡톡 두드려줬다.

"그렇지. 이번 휴가에는 온천이라도 갔다 올까."

"온천 말씀이십니까?"

"응, 시온 하니까 생각났어. 그 녀석이 있는 엘트 지방에는, 아직 알려지지 않은 숨은 온천들이 있다는 소문이 있었지 아마?"

"있었던 것 같기도 합니다만…… 그건 분명, 아직까지도 그냥 소문인 채로 남아 있습니다."

블로어가 말했다.

"산속 깊은 곳에 온천이 존재한다는 사실 자체는 확인됐다는 것 같고, 인근 지역의 영주와 상업 조직이 움직이고 있는 것 같기도 합니다만, 거기에 눌러 살고 있는 마수도 있고 해서 아직까지 개척하지는 못했다는 것 같습니다."

"뭐야…… 그랬구나."

조금 낙담한 것 같은 표정을 짓는 레비우스.

"음~ 그렇다고 굳이 개척을 도와주고 싶지는 않은데 말이야.

나도 그렇게까지 사람이 좋은 건 아니니까."

"온천에 가고 싶으시다면, 국내에 있는 유명한 온천을 알아볼까요."

"그래, 부탁할게."

"알겠습니다. 그럼 호위와 고용인은 몇 명이나 준비할까요?"

블로어가 말했다.

그것은 아주 자연스러운 질문이었다.

대귀족인 레비우스가 휴가 때 여행을 간다면, 여러 명의 고용인을 데리고 가는 것이 관례다. 경우에 따라서는 레비우스와 똑같이 생긴 대역을 다른 장소로 보내는 경우도 있다.

하지만.

"아냐."

레비우스는 살짝 고개를 저었다.

그리고는 블로어를 똑바로 바라봤다.

"둘이면 돼."

"예?"

"나와 너, 단둘이면 돼."

"…………."

블로어는 넋이 나가서 입을 떡 벌렸다.

"혹시, 싫어?"

"시…… 싫을 리가 있겠습니까! 전혀 싫지 않습니다!"

"그래, 다행이네."

"하, 하지만…… 괘, 괜찮으시겠습니까? 저, 저 같은 것이……."

"너무 비굴하게 굴지 말라고. 난 너와 있을 때가 제일 마음이 편하니까."

부드러운 미소를 지으면서, 레비우스가 말했다.

"용사가 아닌 나를── 진짜 나를 알고, 그러면서도 날 인정해 주는 사람은…… 너 하나뿐이니까."

"레비우스 님……."

"후후. 그래, 좋은 생각이 났다. 여행 중에는 그『레비우스 님』 이라는 호칭도 사용하지 않는 걸로 하자. 어릴 때처럼『레비우스 군』이라고 부르도록."

"예, 예에에에?! 무, 무슨 말씀이십니까, 어떻게 그럴 수가 있 겠습니까!"

"해. 명령이야."

"어…… 그, 그런……."

완전히 난처해진 블로어.

레비우스는 그런 블로어를 보면서 정말 재미있다는 것처럼 웃 고 있었다.

가면처럼 짓는 웃음이 아니라, 마음속 깊은 곳에서부터 우러나 온 것 같은 너무나 밝게 웃는 얼굴이었다.

로가나 왕국 엘트 지방.

상업도시인 비스테아에서 서쪽에 있는 국경 방면을 향해 더 나 아가서.

마차로 인근 마을까지 이동한 뒤에 걸어서 약 한 시간가량.

시온과 메이드 네 명은 목적지인 산에 도착했다.

"여기가 온천이 나오는 산인가……."

시온이 산기슭에서 정상 쪽을 바라보며 중얼거렸다.

"여기 정상에 있는 온천을 조사하면 된다는 얘기지."

"예."

아르셰라가 품에서 메모지를 꺼냈다.

"이 산에 온천이 있다는 사실이 알려진 것은 지금으로부터 3년 전. 산나물을 캐러 갔던 근처 마을 사람이 우연히 발견했다는 것 같습니다. 하지만 이 산의 깊은 곳에는──."

"강력한 마물이 살고 있다, 고."

시온이 결론을 말하자, 아르셰라가 "예"라고 대답하며 고개를 끄덕였다.

"온천이 있다면, 그곳을 관광지로 부흥시켜서 큰 수익을 기대할 수 있습니다. 그래서 인근 마을과 도시에서, 그리고 영주 등이 몇 번인가 병사를 고용해서 마수를 토벌하러 보냈습니다만…… 전부 실패로 끝났다는 것 같습니다."

"흐음."

"지금도 온천지 조사와 개척에 상금이 걸려 있고, 정기적으로 도전하는 사람이 나타나고 있다고는 합니다만, 성과는 그다지 좋지 않다고 합니다."

"한마디로 마수 문제를 어떻게든 하면 여기를 사람들이 많이 찾아오는 관광지로 만들 수 있다는 건가."

아르셰라와 페이나가 주점에서 들은 이야기는 이 온천에 관한 정보였다.

비스테아의 상업 조합도 이곳이 관광지로 발전하는 것을 기대하고 있는지, 개척이나 마수 토벌에 상금을 걸었다는 것 같다.

"마수 외에도 문제가 있는데…… 온천의 성질에 대한 조사가 필요합니다. 입지 조건을 보면 이 근처에서 솟아나는 온천수에는…… 마소 농도가 짙을 가능성이 있다고 합니다. 마수가 눌러사는 것도, 마소를 좋아하는 성질 때문이라고 예상하고 있습니다."

마소(魔素)란 대기나 자연물에 채워져 있는 마력 에너지를 일컫는 말이다.

마계에서는 어디를 가도 마소가 넘쳐나는 것인데—— 인간 세계에도 미량이나마 존재하고, 장소에 따라서 농도가 다르다.

마소 농도가 짙은 곳에는 마수가 살게 되는 경우가 많다.

"어쨌거나 정상까지 올라가보기 전에는 아무것도 모르겠네."

시온 일행 다섯 명은 산으로 들어갔고, 정상을 향해 이동하기 시작했다.

울창한 나무들 사이를 걸어간다.

온천지 개척을 목적으로 찾아온 사람들이 걸어간 곳이 다져지면서 길이 되기는 했지만, 그렇다고 명확한 등산 루트가 확립된 것은 아니다.

그래서 길도 없는 산속을 걸어가게 됐다.

보통 사람들한테는 힘든 오르막이라고 여겨질 수도 있겠지만, 시온 일행에게는 아무런 문제도 되지 않았다.

"흐아~ 짜증 나. 얼마나 더 가야 하는 거냐고……?"

"뭐야 이브리스, 힘 빠지는 소리 하지 마. 온천이야 온천. 진짜 기대되잖아."

"음~ 그렇긴 하네. 온천은 기대된다."

"그치~?"

기분 좋은 페이나와 귀찮아하면서도 아주 조금 의욕을 발휘하는 이브리스.

"저기, 나기도 온천은 기대되지?"

"그렇다."

페이나가 말을 걸자, 나기도 동의했다.

"고향에서는 자주 즐겼는데, 이쪽 대륙에 온 뒤로는 한 번도 해 본 적이 없다."

나기도 왠지 기뻐 보이는 얼굴이다.

'오길 잘했네.'

시온이 온천을 조사하러 가기로 한 것은, 당연한 얘기지만 푼돈을 벌기 위해서가 아니다.

새로운 관광지를 만들고 사람들이 많이 모였으면 좋겠다는 생각도 있지만, 무엇보다 메이드들을 즐겁게 해주고 싶었기 때문이다.

'……평소에는 나 때문에 어디 놀러 가지도 못했으니까.'

컨트롤할 수 없는 에너지 드레인 때문에, 시온은 초하루 날 외에는 사람들 사는 곳에 갈 수가 없다.

그래서 외출을 한다고 해봤자 가까운 도시 정도가 고작이다.

시온 자신이 억누르기만 하면 힘이 그렇게까지 강력하게 발휘되지는 않아서, 하루나 이틀 정도는 다른 사람에게 거의 영향을 미치지 않지만── 그렇다고 해도 당당하게 돌아다니는 건 왠지 꺼려졌다.

시온은 자기 때문에 다른 사람이 건강을 해쳐도 전혀 신경 쓰지 않을 만큼 후안무치한 인간이 아니었다.

그래서 시온과 메이드들은 다 같이 외출해본 적이 거의 없다.

메이드들도 시온을 배려해주는 것인지, 그런 일 때문에 불평불만을 늘어놓지는 않았지만…… 그래도 시온 본인은 왠지 미안하다는 마음을 품고 있었다.

하지만.

이번 온천은 아직 개척되지 않은 곳이다.

주위에 사람이 없다면 아무것도 거리낄 것이 없다.

말하자면 이것은── 시온 나름대로 위안 여행이었다.

물론 창피해서 그런 말을 하지는 못했지만.

"시온 님. 이제 곧…… 마수가 사는 지역에 들어설 것 같습니다."

산 중턱쯤까지 왔을 때, 아르셰라가 말했다.

"나도 알아."

그 말을 듣고 고개를 끄덕였지만, 시온은 걷는 속도를 늦추지 않았다.

다른 사람들도 마찬가지였다.

"흥. 얼마나 강력한 마수가 있는지는 모르겠지만, 우리 상대가 될 만큼 근성이 있는 놈은 없겠지."

"아하하. 뭐, 그렇겠지~."

속 편하게 말하는 이브리스와 페이나.

마왕을 죽인 용사와 마왕을 섬겼던 『사천여왕』.

이 다섯이 야생 마수 따위한테 지는 일은, 천지가 뒤바뀐다고 해도 일어나지 않을 것이다.

하지만──

"너무 방심하지 마. 이브리스, 페이나."

시온이 나무라는 투로 말했다.

"전투는 최대한 피하고 싶으니까."

"아앙? 무슨 소리야 도련님. 여기 있는 마수가 그렇게 엄청난 놈이야?"

이브리스가 마음에 안 든다는 투로 말했다.

"아니, 그런 뜻이 아니라── 어."

말하는 중에, 시온이 걸음을 멈췄다.

다른 네 명도 같은 타이밍에서 발을 멈췄다.

그리고 순식간에, 시온의 사방을 둘러싸는 위치에 섰다.

"흥. 드디어 나온 것 같네."

"하나~ 둘~ 셋~ ……아~ 꽤 많네~."

호전적으로 웃는 이브리스와 페이나.

나기는 허리에 차고 있는 칼에 손을 얹었고, 아르셰라는 날카로운 눈빛으로 주위를 둘러봤다.

'……흐음.'

어느새, 시온 일행은 완전히 포위당했다.

직접 모습을 드러낸 건 아니지만, 나무 틈새로 이쪽을 엿보는 마수의 기척이 주위를 가득 채우고 있다.

시온도 나머지 넷도, 그 거친 기척을 예민하게 느꼈다.

'이 기척…… 동물에서 변화한 마수인가.'

마수가 발생하는 데는 다양한 이유가 있는데── 마왕이 사라진 지금 이 시대, 대륙에서 출현하는 마수 중에 가장 많은 것은 야생 동물이 마소 때문에 마수로 변화는 패턴이다.

원래 이 산은 마소가 짙은 곳으로 유명했다.

그렇다면 여기에 살던 야생동물들이 마소를 흡수해서 마수가 됐다고 생각하는 것이 무난하겠지.

"시온 님은 물러나 주십시오. 저희들만으로도 충분합니다."

"우리가 아니라 혼자서도 충분하지~. 피라미들 뿐이니까."

"어쩔까? 누가 할래? 가위바위보로 정할까?"

"페이나, 이브리스, 너무 방심하지 마라. 전투에서는 만에 하나의 일이 벌어질 수도 있으니까."

네 사람은 기척을 느끼자마자 바로 경계 태세에 들어갔지만, 지금은 단숨에 풀어져 버렸다.

표면적으로는 굳은 얼굴을 유지하고 있는 아르세라와 나기한테서도 어딘가 여유가 느껴졌다.

주위의 기척을 통해서 역량 차이를 깨달았기 때문이겠지.

주위에 있는 마수는 세상의 일반적인 기준으로 따지자면 강력한 마수라고 할 수 있다.

하지만 시온 일행과 비교하면── 수준 차이가 너무나 심하다.

메이드 네 명 중에 누구라도, 혼자서 순식간에 해치울 수 있는 레벨이었다.

하지만.

"너희들, 물러나 있어."

그렇게 말하고, 시온이 한 걸음 앞으로 나섰다.

"여기는 내가 맡을게."

메이드들은 하나같이 이상하다는 표정을 지었다.

당연한 일이겠지.

아무리 생각해도, 주위에 있는 마수들은 굳이 시온이 손을 쓸 필요가 없는 상대니까.

'……서른두 마리, 인가.'

눈을 감고 기척의 숫자를 파악했다.

시온의 탐지 능력이라면 상대가 숨어 있어도 정확한 숫자를 알아낼 수 있다.

숫자는 물론이고 상대의 크기나 모습까지도 거의 알 수 있다.

나무 뒤에 숨어서 이쪽을 엿보고 있는 것들은 개, 원숭이, 곰, 새…… 등등, 다양한 야생 동물에 가까운 모습을 한 마수들.

'……역시 이 방법이 제일 좋겠지.'

생각을 정리한 뒤에.

시온은── 눈을 떴다.

다음 순간.

쿠구구구! 하고.

마력이.

방대하고 엄청난 마력이, 시온의 몸에서 흘러나왔다.

단순한 마력의 파동이고, 직접적인 공격력은 없다.

하지만 그것은 분명히 공격성을 띠고 있었다. 닿은 자의 목숨을 전부 빨아들일 것만 같은, 무시무시한 기운이 가득 차 있었다.

뿜어 나온 마력이 시온을 중심으로 퍼져 나갔고──

직후, 후다다다닥, 나무들 사이로 짐승들이 달려가는 소리가 들려왔다.

그리고 겨우 몇 초 뒤에는 주위에서 마수들의 기척이 완전히 사라져버렸다.

단 한 마리도 남지 않고.

"흐음. 괜찮게 됐네."

"마력으로 쫓아내신 겁니까?"

아르셰라의 물음에 시온은 "그래"라고 대답하며 고개를 끄덕였다.

"정신을 잃기라도 하면 곤란하니까 마력을 조절하면서 위협해봤는데, 어떻게 잘 된 것 같네."

"어째서……."

아르셰라도 나머지 셋도, 살짝 곤혹스런 표정을 지었다.

왜 굳이 그렇게 귀찮은 짓을 하셨지?

그렇게 말하는 것 같은 얼굴이었다.

"……난, 인간이야. 이런 몸이 됐어도, 아직 인간 편에 서 있고 싶어."

시온이 말했다.

"그래서 마을을 공격하는 마수를 죽이는 건 아무렇지도 않아. 사람들의 안녕을 해치는 마수는── 인간 사회의 불청객은, 나에게 있어 구제해 마땅한 적이야."

하지만. 이라고 운을 띄우고, 시온이 계속해서 말했다.

"이번 경우에는 우리가 불청객이야. 여기는 마수들이 사는 곳이고, 우리가 쳐들어온 모양이 되잖아."

이곳에 있는 마수는 사람들 사는 곳에 쳐들어온 존재들이 아니다.

사람들의 삶을 위협한 것도 아니다.

그저 산속 깊은 곳에서 조용히 살고 있었을 뿐.

거기에 침입자가 나타났으니까, 자신들의 영역을 지키기 위해서 나왔을 뿐이다.

"뭐, 여기를 관광지로 만들겠다면 주위에 있는 마수들은 정리하는 쪽이 사람들한테 도움이 될 수도 있겠지만…… 온천의 성질을 조사하기 전에는 어떻게 될지 모르는 일이니까. 쓸데없이 목숨을 빼앗을 필요는 없겠지."

"정~ 말이지, 시 님은 너무 착하다니까."

"역시 시온 님이십니다."

"관대하신 마음에 감탄했사옵니다."

어쩔 수 없다는 것처럼 어깨를 으쓱거리는 페이나와, 열심히 칭찬하는 아르셰라와 나기.

"……너무 칭찬하지 마. 이런 건 내 자기만족일 뿐이니까."

시온은 홱, 하고 고개를 돌렸다.

"도련님 덕분에 진짜로 전부 없어진 것 같네요~. 작은 동물들은 물론이고 벌레들까지 전부 어디로 가버린 것 같습니다."

주위를 확인하면서, 이브리스가 말했다.

"방해하는 놈들도 없어졌으니까, 이대로 단숨에 정상까지 가버릴까요?"

"그러자."

마수의 기척이 사라진 산길을, 시온 일행은 계속해서 걸어 올라갔다.

몇 시간 정도 지나서 목적지에 도착했다.

"우와~! 대단하다! 완전 온천!"

약간 어휘가 부족한 것 같은 환호를 지르는 페이나.

산 정상의 약간 트인 장소.

바위 사이에 움푹하게 가라앉은 곳이 있고, 거기에 더운 물이 고여 있었다.

녹색으로 보이는 수면에서는 김이 피어오르고, 주위에는 독특한 향기가 감돌았다.

"정말로 있었구나."

조금 안도한 것처럼 말하는 시온.

근거 없는 헛소문일 가능성도 있다고 생각했었기 때문에, 이렇게 실물을 보니까 마음이 놓였다.

"진짜로 있었네. 이렇게 산을 한참 올라온 곳인데."

"그야말로 숨겨진 온천이다."

감탄한 것처럼 말하는 이브리스와 나기.

"저기~ 저기~ 시 님~ 빨리 들어가 보자!"

"잠깐만 페이나. 성분 조사가 우선이다."

손을 잡아당기는 페이나를 말린 뒤에,

"아르셰라."

아르셰라를 부르면서 손을 내밀었다.

"예."

아르셰라가 고개를 끄덕이고서 들고 있던 짐을 열었다. 구체적인 지시를 하지 않아도, 시온이 원했던 유리병과 약품들을 꺼냈다.

그걸 받아 들고, 시온이 온천 쪽으로 다가갔다.

"……보아하니, 마소가 함유된 건 틀림없는 것 같다. 문제는 농도인데."

물속에 손을 집어넣고서 마소의 기척을 확인했다.

그리고는 유리병으로 물을 조금 떠서 가지고 온 약품── 마소의 농도에 따라서 색이 달라지는 촉매를 넣었다.

찰랑찰랑 병을 흔들어서 섞어줬더니, 녹색이 감돌던 물이 빨간색에 가까운 색으로 바뀌었다.

"어때? 시 님?"

"역시…… 마소 농도가 조금 짙은데."

산꼭대기 부근에 감도는 기척과 마수로 변한 동물들. 그런 요소들을 보고서 어느 정도 예상은 했지만, 다행인지 불행인지 예상이 적중하고 말았다.

이 온천에는 상당한 양의 마소가 녹아 있다.

"보통 사람한테는 해로울 정도의 농도야. 평범한 인간은 들어 갈 수 없겠지. 여기를 관광지로 만들겠다면 뭔가 대책을 마련해야만 할 거야."

"에이~ 뭐야……."

"안심해. 어디까지나 마력 내성이 없는 보통 사람한테 위험하다는 얘기니까. 우리한테는 아무 문제도 없어."

"진짜?! 신난다~."

불안해하는 표정을 짓다가 바로 쾌재를 지르는 페이나.

"그럼 바로 목욕 한번 해보실까?~."

말이 끝나기도 전에, 페이나가 그 자리에서 옷을 벗기 시작했다.

"뭐…… 이, 이 멍청아! 뭘 하는 거야!"

"뭐긴, 온천에 들어가려면 옷을 벗어야 하잖아?"

"그렇다고 그 자리에서 바로 벗는 녀석이 어디 있냐……. 난 저쪽에서 지질 조사를 하고 올 테니까, 목욕하려면 너희들끼리──."

"무슨 소리야? 시 님도 당연히 같이해야지."

"뭐라고? 바보 같은 소리 하지 마…… 그런 짓을 어떻게 해."

아주 당연하다는 것처럼 말하는 페이나에게 반론한 뒤에,

"자, 너희도 가만히 있지 말고 뭐라고 한마디 해."

그렇게, 다른 세 사람에게 도와달라고 했다.

하지만──

반론하는 사람은 한 사람도 없었다.

이브리스는 어떻게 되든지 상관없다는 표정이고, 나기는 볼이

살짝 발그레해져서 입을 꾹 다물고 있다.

아르셰라 쪽은, 들고 온 가방을 열어서 시온이 갈아입을 옷과 수건을 준비하고 있는 상태였다.

"어? 뭐, 뭐야……?"

"당연히 도련님도 같이해야죠."

태연하게 말하는 이브리스.

"비경의 온천에 가게 된 시점에서, 전 당연히 그럴 거라고 생각했거든요?"

"……어, 어째서 그렇게 되는데? 같이 목욕이라니…… 그, 그런 짓을 어떻게 해."

"뭘 이제 와서 창피해하는 겁니까? 우리가 겨우 알몸 가지고 창피해 할 사이도 아니잖아요? 저택 목욕탕에서도 몇 번이나 같이 했었고."

"그, 그렇게 많이 한 건 아냐! 다 같이 했던 건 겨우 세 번뿐이야!"

"……제대로 기억하고 있는 걸 보면, 도련님도 은근히 엉큼하네요~."

"뭐…… 으, 으윽."

궁지에 몰렸지만, 시온은 거기서 타개책을 떠올렸다.

"그, 그래! 나기다! 이런 때는 나기한테 부탁하면 돼!"

메이드 네 명 중에서 가장 고결하고 조신한, 동방 출신의 숙녀.

"나기…… 너도 뭐라고 좀——."

"나, 나리마님!"

시온이 지푸라기라도 붙잡는 심정으로 말을 걸었지만, 나기는 시온의 말을 자르더니,

"이번에는 이 나기도, 각오를 했사옵니다!"

그렇게 소리쳤다.

시온은 깜짝 놀랄 수밖에 없었다.

창피해서 볼이 빨개졌지만, 나기의 눈에는 힘찬 의지가 담겨 있었다.

손에는 자기 목욕 바가지와 수건까지 들고서.

그러니까 한마디로 표현하자면…… 지금 당장 목욕하겠다는 의지가 넘쳐나는 차림새다.

"저택에서 다 같이 목욕을 할 때는…… 항상 창피해서 적극적으로 움직이지 못해서, 나리마님에 대한 봉사에도 다른 사람에게 뒤처지고 말았다고 생각하옵니다. 남녀가 같이 목욕을 하는 것은 상스러운 짓이다…… 그런, 상식을 핑계로."

"아니…… 그건 아주 당연한 상식이라고 생각해."

하나도 잘못되지 않았다.

생각을 바꿀 필요 따위는 없다.

상식을 핑계로 삼는 게 아니라, 상식적으로 행동했을 뿐이다.

그런데…… 왜 행동을 바꾸려고 하는 거지?

"하지만, 오늘의 저는 다릅니다! 온천에 간다는 이야기가 나왔을 때부터 틀림없이 이렇게 되리라 생각하고, 사전에 마음의 준비를 해뒀습니다!"

혈기가 넘치는 목소리로, 의미를 알 수 없는 말을 외치는 나기.

"더 이상, 혼자서 꾸물거리면서 창피해하지는 않겠습니다. 확실하게, 목욕 봉사를 하도록 하겠습니다!"

"…………."

시온은 깜박 정신을 잃을 뻔했다.

최후의 양심이라고 생각했던 나기까지 폭주하기 시작했다.

이제 내 편은 아무도 없다.

절망적인 상황에 몰리자 살짝 어지럽기까지 했다.

"괜찮으십니까?"

비틀거린 시온을, 아르셰라가 바로 잡아줬다.

그리고 자애로운 어머니처럼 상냥한 목소리로 이렇게 말했다.

"시온 님. 아무것도 걱정하실 필요 없습니다."

"아르, 셰라……."

"저희가 확실히, 목욕 시중을 들어드릴 테니까요."

구석구석 빈틈없이.

그렇게.

아르셰라가 말했다.

자신을 바라보는 눈동자에는 헌신적인 자애가 가득 차 있지만—— 그러면서도 그 안쪽 깊은 곳에서는 격렬한 정욕의 불꽃이 타오르고 있었다.

"……아."

시온은 본능적으로 깨닫고 모든 것을 포기했다.

자신은 더 이상, 도망칠 수 없다고.

정상 부근에 있는 온천은 나무들이 없는 넓게 트인 장소에 있기 때문에, 물에 몸을 담그면서 산기슭의 경치를 구경할 수 있었다.

아래쪽에 펼쳐진 짙은 녹색의 숲.

위쪽을 보면 빠져들 것처럼 투명하고 파란 하늘이 펼쳐져 있다.

"흐아~ 이거 진짜 좋은데."

어깨까지 물에 담근 이브리스가 하늘을 바라보면서 행복하다는 목소리로 말했다.

다리를 쭉 뻗고서 편하게 쉬고 있는 것 같다.

"나기 너도 좀 더 편하게 담그라고. 그러고 있으면 힘들잖아."

"……마, 말은 그렇게 해도 말이다."

한심하다는 것처럼 던진 지적에, 옆에 있는 나기가 우물거리면서 대답했다.

이브리스의 해방감 넘치는 모습과 대조적으로, 나기 쪽은 창피하다는 것처럼 몸을 배배 꼬면서 움츠리고 있었다. 두 손으로 가슴과 아랫도리를 가리고 있고, 얼굴은 창피해서 새빨갛게 물들어 있다.

"각오하고 왔다면서?"

"나…… 나름대로, 했다고 생각했다. 했다만……."

"그렇게 창피하면 수건이라도 몸에 감으면 되잖아."

"무슨 소리를. 그런 짓을 어찌하겠나. 수건을 몸에 감고 온천에 들어가다니, 예의에 어긋나는 것도 정도가 있지."

"……넌 이상한 데 집착하더라."

한숨을 쉬는 이브리스.

"그나저나 나기."

"뭐, 뭐냐?"

"무엇보다 말이야, 그렇게 죽어라 가리는 쪽이…… 더 야하게
보이거든?"

"뭐라고……?! 무슨, 말도 안 되는……."

"아니, 진짜라니까. 열심히 가리려고 하는 느낌이 왠지 창피하
면서 되레 야하게 보여."

"……되, 되레 야하다고? 으, 으으……."

"우리 말고는 아무도 없으니까 당당하게 굴란 말이야. 아무도
빤히 쳐다보는 사람 없으니까. 오히려 가리려고 하면 할수록『저
렇게 죽어라 가리려고 하다니, 대체 얼마나 대단한 게 달려 있는
거야?』라는 생각에 더 궁금해질 가능성도 있거든."

"……으, 으으~ 아, 알았다."

각오했다는 것처럼 말하고, 나기는 비부를 가리고 있던 손을
치우려고 했다. 하지만 역시 주저하게 되는지, 그 손을 쉽사리 치
우지 못했다.

"크, 크윽……."

"……저기, 나기. 거기서 이상하게 주저하니까 왠지 야하다."

"~~큭! 다, 닥쳐라……."

힘없는 목소리로 말하고, 결국 나기가 손을 치웠다.

그리고는 자신의 알몸을 숨김없이 드러냈다.

"어, 어떠냐. 이제 볼만 없겠지."

"…………."

"뭐, 뭐냐…… 뭐라고 말 좀 해봐라."

"아니, 그러니까 말이야."

알몸이 된 나기를 빤히 쳐다보면서, 이브리스가 말했다.

"나기 너…… 색이 예쁘다."

"——?! 뭐, 뭐가?! 무, 무슨 색이 말이냐?!"

"그러니까, 꼭——."

"으아아아! 하, 하지 마라! 말 안 해도 된다!"

절규한 뒤에, 서둘러서 손으로 몸을 가리는 나기.

"크, 으윽…… 네놈, 아무도 빤히 쳐다보지 않는다고 했으면 서……!"

"아하하. 미안, 미안해."

원망하는 것처럼 말하는 나기와, 미안한 기색이라고는 하나도 없이 웃는 이브리스.

두 사람이 그러고 있는 옆에서——

다다다다다다, 하고.

맨발로 바위 위를 뛰어가는 소리가 울렸고.

"에잇!"

기합 소리와 함께 뛰어오른 페이나.

둥글게 움츠린 몸을 빙글빙글 회전시키고, 그대로 머리부터 거꾸로 물에 뛰어들었다.

페이나 물에 떨어진 것과 동시에 엄청난 물보라가 일었다.

"푸하. 아하하하! 뭐야, 진짜 재밌다! 온천 최고야~"

그리고 물 밖으로 얼굴을 내밀고는 천진난만하게 웃었다.

"뭐예요 페이나. 너무 상스럽잖아요."

근처에 있다가 물보라를 뒤집어쓴 아르셰라가 한마디 했다.

"뭐~? 이러면 좀 어때서 그래? 우리 말고 아무도 없으니까 누구한테 폐를 끼치는 것도 아니잖아."

"저한테 폐를 끼치고 있어요. 정말이지…… 이젠 애가 아니니까 욕조나 온천에서는 좀 얌전히 있으세요."

"싫거든~. 뭐 어때서 그래~."

"정말이지……."

질렸다는 것처럼 말하는 아르셰라.

아르셰라가 주의를 주거나 말거나, 페이나는 온천탕 안에서 헤엄을 치며 돌아다녔다.

평영을 했다가, 잠수를 했다가.

그리고는 몰래 아르셰라의 등 뒤로 가서는,

"에잇."

꽉, 하고.

움켜쥐었다.

아르셰라의── 엉덩이를.

"꺄악…… 자, 잠깐만, 뭐 하는 거야?"

"그냥~ 엉덩이가 참 크구나~ 싶어서, 나도 모르게."

"누, 누구 엉덩이가 크다는 거죠!"

"아르셰라는 가슴도 크지만, 엉덩이도 진짜 크네~. 빵, 쭉, 빵한 나이스 보디라서 진짜 부러워."

페이나는 솔직하게 감탄한 것처럼 아르셰라의 알몸을 바라보고 있었는데── 갑자기 그 눈에 장난기가 드리웠다.

"음……. 역시 하나도 안 부러운가. 왜냐하면."

거기까지 말하더니, 페이나가 다시 손을 뻗어서 움켜쥐었다.

아르셰라의── 배를.

"꺄아아아악! 뭐, 뭐 하는 거야!"

엉덩이를 만졌을 때보다 훨씬 요란하게 반응하는 아르셰라.

"아하하. 역시, 아르셰라…… 요즘 좀, 쪘지?"

"──!"

"가슴도 엉덩이도 큰데, 배가 쪼~끔 물렁물렁하네~. 빵, 쭉, 빵이 아니라 빵, 물컹, 빵이야."

"누, 누가 빵, 물컹, 빵이라는 거야!"

얼굴이 빨개지고 배를 손으로 가리면서 반론하는 아르셰라.

"찌, 찌기는 했지만…… 조금뿐이야. 아주 조금이라고. 이 정도라면 아무 문제도 없어. 살이 쪘다고 할 수도 없다고!"

"뭐, 분명히 아주 조금이기는 한데 말이야. 그래도 역시, 몸매는 내가 더 좋은 것 같아~."

페이나는 그 자리에서 벌떡 일어나더니, 자기 몸을 보라는 것처럼 포즈를 잡았다.

야생 동물을 연상케 하는 날씬한 몸.

군살이라고는 전혀 없는 것처럼 보이는, 잘 단련된 육체였다.

"크윽……."

아르셰라는 질투하는 눈으로 그 육체를 봤지만,

"……흐, 흥. 뭘 모르는군요 페이나."

그렇게 반격에 나섰다.

"말랐다고 다 좋은 게 아니에요. 남자 분들은 말이죠, 조금 살집이 있는 몸이 더 매혹적이라고 느끼는 법이랍니다?"

아르셰라도 일어나서는 그 자리에서 포즈를 취했다.

풍만한 유방과 예쁜 엉덩이.

허리는 잘록하면서도 적절하게 지방을 둘러서, 폭력적이라고 해야 할 정도로 선정적인 육체를 구성하고 있었다.

"마르면 마를수록 예쁘다고 생각하는 건 여자들뿐이랍니다."

"뭐래~. 나도 뼈만 남을 정도로 마른 건 아니거든~. 날씬하면서도 나올 덴 나온 나이스 바디거든요~. 틀림없이 내 몸이 더 좋아."

"아니, 저예요. 제 쪽이 여성적인 매력이 넘쳐나고 있어요."

"우으……."

"으음……."

두 사람은 몇 초 동안 눈싸움을 했지만,

"……이래선 끝이 없겠다."

"예, 그렇군요."

두 사람 모두 고개를 끄덕였다.

"이렇게 됐으면── 시 님한테 정해달라고 해야겠다!"

"그게 좋겠군요. 자, 정정당당히 승부입니다!"

두 사람이 동시에 같은 방향으로 고개를 돌렸다.

온천 구석 쪽, 바위에 가려져 있는 쪽으로.

"시 님, 여자는 역시 날씬하고 탄탄한 쪽이 좋지?"

"시온 님, 여성은 조금 풍만한 쪽이 매력적이죠?"

"나…… 나한테 물어보지 마!"

바위 뒤쪽에서 절규하는 시온.

지금 시온은 메이드 네 명과 떨어진, 온천 구석 쪽에서 몸을 담그고 있었다.

그곳은 탕 안에 있는 커다란 바위 뒤쪽에 가려져 있어서, 메이드 네 명이 있는 곳에서는 시온의 모습이 보이지 않았고―― 시온이 있는 곳에서도 네 명의 모습이 보이지 않는 곳이었다.

'으…… 어쩌다 이런 일이.'

무슨 수를 써도 혼욕을 피할 수 없는 분위기였기에, 시온은 어쩔 수 없이 네 명과 같이 온천탕에 들어갔다.

하지만 네 명과 가까이 있는 건 아무래도 꺼려져서, 물에 들어온 것과 동시에 구석 쪽으로 도망쳐버렸다.

혼욕 자체는 저택 욕실에서 몇 번인가 경험해본 적이 있기는 하지만…… 어린 소년에게 연상 미녀와의 혼욕이란 몇 번을 경험해도 익숙해지지 않는 일이다.

"그런 소리 하지 말고~. 시 님, 이쪽 똑바로 보면서 대답해줘. 자, 봐, 내가 더 예쁘지?"

"시온 님! 제 몸이…… 시온 님의 취향이시죠?"

"……나한테 묻지 말라고 했잖아."

힘없는 목소리로 반론하는 시온.

바위 반대쪽에서는 페이나와 아르셰라가 조금이라도 더 자신을 어필하기 위해서 포즈를 취하고 있을 것이다.

그런 모습을 멋대로 망상하고, 순식간에 얼굴이 확 뜨거워졌다.

"정말이지. 도련님. 언제까지 그런 구석에서 쭈그리고 있을 겁니까? 기껏 온천에 왔으니까 편하게 하자고요."

"……그렇게 생각한다면 남녀가 따로따로 들어가야 하지 않을까?"

"그건 그거, 이건 이거죠."

아주 적당한 태도의 이브리스.

"저…… 나, 나리마님, 혹시나 마음이 내키시면 언제든 이쪽으로 와주십시오. 제가 등을 씻어드리도록 하겠습니다."

단단히 각오했는지 어울리지 않게 적극적인 나기.

시온은 머리를 쥐어뜯는 수밖에 없었다.

"……이놈이고 저놈이고, 나 가지고 노는 짓 좀 그만하란 말이야."

바위 뒤에서 조용히, 항상 하던 대사를 읊었다.

그 뒤에도 시온은 바위 뒤에서 나오지 않고, 어지러워지기 직전까지 혼자서 가만히 구석에만 있었다.

온천을 즐긴 뒤에는 메이드들이 야영 준비를 시작했다.

만에 하나 온천의 정보가 가짜였거나 온천의 성질이 시온 일행이 들어갈 수도 없는 상황일 경우에는 그냥 돌아갈 예정이었지만──── 그렇지 않은 경우에는 산에서 하룻밤을 보내기로 생각했다.

말하자면 캠핑이다.

메이드들은 텐트를 치고 장작을 모아오고 하면서 준비를 했고, 그동안에 시온은 다시 온천수 조사를 했다.

온천의 성질은 물론이고 주위의 지질과 마소 농도 등등, 가지고 온 기구를 사용하면서 다양한 방법으로 조사했다.

"흐음……."

"조사 상황은 어떠신가요, 시온 님?"

그때, 아르셰라가 다가왔다.

"음. 거의 끝났는데……."

굳은 얼굴로, 시온이 말했다.

"마소 농도가 예상보다 훨씬 높아. 온천수는 물론이고 지층까지 깊이 녹아들어 있어. 이 산 정상 일대는 어디건 간에 전부 마소가 넘쳐나는 상태야."

"그렇다면…… 이곳을 인간이 이용할 수 있는 온천지대로 삼는 것은."

"힘들겠지. 대지나 물에 있는 마소를 보통 사람들이 들어갈 수 있는 수준까지 줄이려면…… 최소한 3년은 걸리겠어."

"3년, 인가요. 꽤나 오래 걸리는군요."

"시간은 물론이고 비용도 상당히 많이 들겠지. 관광지로 개발한다고 해도, 이익을 낼 수 있을지가 의문이야. 그리고…… 대지에 녹아든 마소를 제거하려면 높은 기술과 위기관리가 필수지.

제거에 실패해서 지층을 잘못 자극하면, 주변에 있는 마을까지 마소가 흘러나갈 위험이 있어."

"그렇게까지 위험부담이 있다면…… 개발은 무리겠군요. 조합 쪽에는 그렇게 보고하도록 하죠."

"뭐…… 내가 집중해서 매달리면 석 달 만에 제거할 수도 있지만."

"안 됩니다."

기선을 제압하려는 것처럼, 아르셰라가 말했다.

"인간들을 위해, 시온 님이 그렇게까지 노력하실 필요는 없습니다."

"…………."

"어지간한 긴급사태라면 모를까, 관광지 개발 같은 시시한 일 때문에 시온 님이 더 이상 관여하실 필요는 없습니다. 이렇게 조사하는 것도 거의 무료 봉사나 마찬가지니까요."

"나, 나도 알아."

반론을 용납하지 않는 아르셰라의 말투에, 시온이 살짝 고개를 끄덕였다.

"나도 더 이상 관광지 개발에 힘을 빌려줄 생각은 없어."

"……정말이신가요? 시온 님은 아주 상냥하신 분이니까, 부탁하지 않아도 인간들을 위해서 일하실 것 같습니다만."

"걱정하지 마. 정말이니까."

빤히, 의심하는 눈으로 쳐다보자 시온이 씁쓸하게 웃었다.

"네 말대로, 사람들을 위해서 더 이상 뭔가를 하는 건…… 뭐랄까, 공정하지 않으니까."

"공정하지 않다고요?"

고개를 갸웃거리는 아르세라.

시온은 주위를 빙 둘러봤다.

울창하게 우거진 나무들과 그 틈새로 보이는 웅대한 산자락의 풍경——

"이 산은…… 마수들이 사는 곳이야."

아까 시온이 위협한 탓에 마수들이 옆 산까지 도망쳐버린 건지, 지금은 기척이 전혀 느껴지지 않는다고 할 수준이었다.

하지만——

평소에는 다양한 마물들이 이곳에 살고 있었을 것이다.

"지질과 수질을 조사하는 사이에 알게 됐어. 여기는 많은 마수들이 사는 곳이야."

먹다 만 과일이나 배설물의 흔적, 발톱을 갈았던 자국, 마수들이 지나다니면서 생긴 길…… 곳곳에 마수들의 생활 흔적이 잔뜩 남아 있었다.

"그 온천도 평소에는 마수들이 이용하던 곳이겠지."

"그렇군요…… 그곳은 짐승들의 목욕탕인가요. 어쩐지 천연 온천치고는 주위가 깔끔하다 싶었습니다."

"마수 중에는 똑똑한 것도 있으니까. 자신들이 이용하게 편하게, 짐승 나름대로 생각해서 행동했겠지."

살짝 한숨을 쉬는 시온.

"조사해보니까, 여기 있던 마수들이 산에서 내려간 흔적은 없어. 그 마수들의 생활은 이 산 안에서 모든 것이 완결되고, 인간에게 해를 끼친 것 같지는 않아. 그렇다면…… 인간들의 사정 때문에 이 산을 관광지로 삼는 건, 뭔가 아닌 것 같아."

마수란 마(魔)의 짐승.

그 몸에 마가 깃들었고, 흉포하고 사나운 개체가 많으며, 때로는 인간의 생활을 위협한다.

하지만── 개중에는 온화하고 싸움을 싫어하는 것도 있다.

인간 따위한테는 아무 관심도 없이, 인간들과 떨어진 곳에서 평생을 살다가 죽는 개체도 얼마든지 있다.

2년 전.

마왕이 쓰러진 뒤로 대륙의 마수 중에서 많은 수가 그 흉포성을 잃었다.

마수가 인간을 덮치는 사건은 정기적으로 발생하고 있지만── 대부분은 인간이 먼저 마수를 건드렸기 때문에 벌어진 일이었다.

개척한다고 마수들이 사는 곳을 건드리거나, 이빨이나 뿔 등의 소재를 얻기 위해서 사냥하려고 하거나.

물론 감당할 수 없을 정도로 사납고 기꺼이 사람을 잡아먹는 마수도 없는 건 아니지만, 그런 것들은 아주 드문 사례다.

"정말이지. 시온 님은 너무 착하시다니까요."

아르셰라는 기뻐하며, 그리고 자랑스럽다는 것처럼 미소를 지었다.

하지만 시온은,

"착한 게 아니야. 어느 쪽이건 상관하고 싶지 않을 뿐이지."

그렇게 말하고, 슬쩍 자조하는 것처럼 웃었다.

'……어려운 일이야.'

마수는 어디까지나 마수다.

사람들은 그들을 기피하고 싫어하며── 마수 또한 사람을 따르지 않는다.

마수 때문에 가족을 잃은 사람에게 마수는 증오해 마땅한 대상이고, 멸망하기를 바랄 것이다.

서로 어우러질 수 없는 종족간의 대립은 선악으로 구분할 수 있는 것이 아니다.

시온은 한숨을 쉰 뒤에,

"그러고 보니 아르세라. 그쪽 준비는 어떻게 됐지?"

그렇게 물었다.

"예, 일단 준비는 끝났습니다."

"그렇군. 그럼 조금 이르지만, 저녁을 먹도록 할까."

조사 도구를 재빨리 정리하고, 시온은 아르세라와 함께 텐트를 쳐놓은 곳으로 돌아갔다.

"생각해보니…… 이렇게 다섯이 외박을 하는 건 처음인 것 같은데."

문득, 시온이 중얼거렸다.

"그럴지도 모르겠네요."

"외출해봤자 기껏해야 비스테아 정도……. 지난번 무투대회 때는 숙소를 잡기도 했었지만, 결국 거기서 묵지는 않고 그냥 집으로 돌아갔었지."

"⋯⋯⋯⋯."

"내 체질 때문에 멀리 나가기가 쉽지 않으니까."

마음대로 할 수 없는 에너지 드레인.

한 달에 한 번 있는 초하루 외에는 그것을 막을 수가 없다.

그래서——외박이나 멀리 여행하는 것은 꿈도 꿀 수가 없다.

시온이 잘 억누르기만 하면 하루 이틀 정도는 보통 사람에게 피해를 주지 않을 수도 있지만, 문제라면 시내에는 건강한 사람들만 있는 게 아니다.

병든 사람이나 다친 사람도 있을 테고, 그렇게 약해진 사람일수록 에너지 드레인의 영향을 심하게 받게 된다.

만에 하나, 억에 하나라도 그런 사태는 피하고 싶었다.

"시온 님⋯⋯. 부디 너무 마음에 두지 마세요. 저희는 지금의 생활에 무엇 하나 불만이나 불편한 것이 없습니다."

"응, 아냐, 괜찮아."

걱정하는 표정을 지은 아르셰라를 보고, 시온이 황급히 고개를 저었다.

"그렇게까지 신경 쓰는 건 아니야. 이제 와서 이 체질 때문에 우울해 해봤자 소용없는 일이니까."

자조와 자학은 이미 질렸다.

후회와 비관을 되풀이해봤자 아무것도 달라지지 않는다는 걸 배웠다.

"그러니까, 사과하고 싶었던 게 아니라⋯⋯ 그러니까."

잠깐 망설인 뒤에, 시온이 말했다.

"기, 기대된다고 말하고 싶었어."

"예……?"

"우리 다섯이 캠핑을 하는 건, 처음이니까. 그러니까…… 뭐, 음, 뭐랄까…… 그냥 평범하게, 기대하고 있다는 얘기야, 나도."

온천 조사를 가겠다고 마음먹은 것도, 이 캠핑이 가장 큰 이유였다.

관광지를 개발해서 사람들을 돕고 싶다—— 그런 생각도 없었던 건 아니지만 가장 큰 목적은 아니다.

제일 중요한 것은—— 이 다섯 명이 함께, 여행 같은 것을 해보고 싶었기 때문이다.

온천 여행을 가고 싶었다.

캠핑을 하고 싶었다.

가족과 함께, 멀리 나가보고 싶었다.

어디에나 있는 소년처럼, 시온은 그런 생각을 하고 있었다.

너무나 창피해서 말로 표현하지는 못했지만.

"——! 아아, 시온 님."

어느새.

아르셰라가 시온을 꼭 끌어안고 있었다.

"으아, 푸읍."

얼굴이 깊은 가슴골 계곡 사이에 묻혀버렸다.

부드러운 유방과 달콤한 냄새가 시온을 감쌌다.

"하, 하지 마, 아르셰라……! 무슨 짓이야……?"

"죄송합니다. 하지만, 시온 님이 잘못하신 거랍니다? 너무나 귀여운 말씀을 하시니, 도저히 참을 수가 없어서."

"귀, 귀엽다는 소리 하지 마!"

강하게 부정한 뒤에, 시온은 간신히 가슴골 계곡에서 탈출했다.

"정말이지…… 아르세라 너는 정말."

"죄송합니다."

공손하게 고개를 숙이기는 했지만 아르세라의 얼굴은 반쯤 웃고 있는 것 같았고, 반성하는 기색은 거의 찾아볼 수가 없었다.

시온은 깊은 한숨을 쉬었다.

그대로 둘이서 잠깐 걸어갔더니,

"아. 시 님이랑 아르세라, 이제야 왔네!"

두 사람을 본 페이나가 손을 흔들었다.

산속에 있는 조금 트인 장소에 커다란 텐트를 쳤는데, 그 옆에는 돌을 쌓아서 만든 아궁이가 있고, 아궁이 위에는 솥을 올려놨다.

안에서는 스튜가 끓고 있고, 옆에 서 있는 이브리스가 국자로 휘휘 젓고 있었다.

"도련님. 좀 이르기는 하지만 슬슬 시작할까요? 쓸데없이 열심히 준비했더니 배가 고프네요."

"넌 반쯤 농땡이 피우지 않았나."

그릇을 준비하고 있던 나기가 한마디 했다.

그런 광경을 보고 있었더니── 시온은 저절로 웃음이 흘러나왔다.

"갈까, 아르세라."

"예."

두 사람은 빠른 걸음으로 동료들이 있는 곳으로 향했다.

시온 일행 다섯 사람의 첫 캠핑이 시작된 것이다.

제 5 장

전직 용사는 캠핑을 한다

대륙 어딘가.

또는 대륙이 아닌 어딘가.

하늘보다 훨씬 높은 곳인지도 모른다.

심해보다 더 깊은 곳인지도 모른다.

마계일 수도 있고, 차원이 다른 세계일 수도 있다.

결국, 어디건 상관없다.

『그』에게 있어 자신이 있는 곳 따위는 사소한 개념일 뿐이니까.

"——본 적 없는 표정을 하고 있군."

아무 곳도 아닌 곳에서, 담담한 여자 목소리가 울린다.

동시에, 아무것도 없었던 공간에 희미하게 윤곽이 나타났고, 한 여자가 모습을 드러냈다.

늠름한 얼굴의 여자였다.

눈부신 금색 머리카락과 백은색 갑옷.

용장한 분위기가 감도는 여자—— 하지만, 그 눈빛만은 죽어 있었다.

생기라고는 찾아볼 수도 없는, 텅 빈 눈.

그녀의 이름은—— 이터너.

사실 그것은 어디까지나 인간이었던 시절의 이름이다.

그녀는 예전에 용사로서 싸웠고, 마왕을 멸하고 세상을 구했다—— 하지만 저주에 걸렸고, 세상에 절망한 마왕이 되었고, 그리고 마지막으로 다른 용사의 손에 죽었다.

그런 파란만장한 인생을 살아온 여자는 지금── 아무 곳도 아닌 곳에서, 한 소년 곁에 서 있다.

"네 그런 얼굴은 신선하다, 노인."

"이터너……."

백발 소년은 여자의 목소리를 듣고 고개를 돌렸다.

"노인이라니……?"

"네 이름── 이라고 하지 않았던가? 그 소년에게 그 이름으로 말하지 않았나?"

"아, 그랬었지."

"전에도 말했지만, 자신이 저지른 못된 짓은 잊어버리지 마라."

이터너가 살짝 한숨을 쉬었다.

"상태가 상당히 안 좋은 것 같군."

"……그런 것 같아."

소년은── 노인은 힘없는 목소리로 대답했다.

"솔직히 말해서…… 조금 곤란한 상황이야. 나 자신의 감정을 콘트롤할 수가 없어. 슬픈 건지 짜증이 나는 건지 낙담하고 있는 건지…… 내가 뭘 느끼고 있는지도 모르겠어. 이런 경험은, 처음이다."

"슬라임 건에서는 깔끔하게 한 방 먹었으니까."

"그러게 말이야……."

어깨를 으쓱거리는 노인.

"모든 것이 예상 밖이다. 그 소년이── 시온 터레스크가 그런 방법으로 나한테 한 방 먹이고, 그리고 그 성검을 손에 넣을 줄이야. 계산이 완전히 틀어져 버렸어."

"네 계산이 틀어지다니, 신기한 일도 다 있군."

"신기한 정도가 아니라, 처음일지도 몰라."

노인이 말했다.

"처음이야. 이렇게 내 마음대로 안 되는 건……."

"…………."

"지금까지는 모든 것이 내 손바닥 위에서 놀아났다. 그런데……
아아, 젠장. 이런 용사는 처음이야."

"미안하다, 쉽사리 마음대로 돼버리는 용사라서."

담담하게 말하는 이터너.

표정은 변한이 없지만, 말투에서는 약간 삐친 것 같은 느낌이
전해졌다.

"아, 미안, 미안해. 딱히 널 놀리려고 한 말은 아니야."

노인이 쓸쓸하게 웃으며 말했다.

"넌 지극히 우수한 인간이고 훌륭한 용사였어. 너뿐만이 아니
야. 너 말고 나머지도 그랬어. 하나같이 전부, 강하고 상냥하고
똑똑하고…… 그래서 더더욱 내가 준비한 각본대로 움직여줬지."

"『놀리려고 한 말은 아니다』라고 하지 않았나?"

"물론이지. 놀리는 게 아니야. 오히려 경의를 표하고, 감사까지
하고 있어. 이야기 속에서 주어진 역할을 완수했다는 데 대해서."

놀리는 게 아니라 정말로, 순수하게 칭찬한다는 것처럼, 노인
이 말했다.

이터너는 더 이상 의논해봤자 소용없다고 판단했는지, 반론도

포기하고 살짝 한숨을 쉬었다.

"곤란하네."

노인이 중얼거렸다.

"정말 곤란해. 솔직히…… 감당할 수가 없어. 이럴 생각이 아니었는데 말이야. 지금까지 그래왔듯이, 당연한 일처럼 간단하게 잘 돌아갈 거라고 생각했는데, 예상외로 안 풀리고 있어."

"…………."

"아, 걱정하지 않아도── 포기하지는 않을 테니까 안심해."

"아무도 걱정하지 않는다."

이터너가 담담하게 받아쳤지만, 노인은 신경 쓰지 않고 자기 할 말을 했다.

"이런 데서 이야기를 포기하지는 않아. 여기서 펜을 꺾어버리면 너한테── 아니, 너희들한테 미안하니까."

"쓸데없는 소리다."

이터너가 말했다.

"나는 네놈이 생각하는 이야기에 전혀 관심 없고, 이야기가 여기서 어중간하게 끝나버린다고 해도 상관없다. 지금의 나는 그저 죽은 이. 네놈에게 이용당할 만큼 이용당하고, 이미 몸도 마음도 죽어버렸다. 분노나 근심을 느낄 마음 따위는, 더 이상 남아 있지도 않은 존재다."

너무나 차가운 목소리로, 계속해서 말했다.

"더 이상 세상 따위엔 아무런 관심도 없다. 어떻게 되건…… 지극히, 아무 관심 없다."

"너무 차갑게 말하네."

"나 이외의 일곱 명이 무슨 생각을 하고 있는지는 모르겠지만, 아마 누가 됐건 같은 생각을 하고 있겠지. 하나같이, 네놈의 이야기 따위에는 관심도 없다."

"아하하. 그렇겠지, 응, 그럴 거야."

노인은 웃음을 터트렸다.

"그러면 돼. 딱히 너희들을 기쁘게 해주려고 하는 게 아니니까. 너희한테 미안하다고 한 건…… 음, 뭐라고 할까, 그냥 내 자기만족이야."

"…………."

"포기하지 않고 끝까지 해내는 게, 너희들에 대한 최소한의 예의라고 생각하거든."

노인이 말했다.

"자…… 그럼 가 볼까. 솔직히 두렵기도 하지만, 이런 데서 이야기를 내던져버릴 수는 없으니까."

스스로에게 들어가는 것처럼 말하고, 노인은 그 자리에서 사라졌다.

아무 곳도 아닌 장소에는 이터너 혼자만 남아버렸다.

하지만 그녀의 윤곽은 서서히 흐릿해졌다.

몸이 점점 희미해지고, 아지랑이처럼 흔들린다.

"……역시, 지금껏 본 적이 없어."

몸이 사라져가는 중에, 이터너가 작은 소리로 중얼거렸다.

"처음 봤다, 노인. 네가── 그렇게 즐거워하는 얼굴은."

그 말만을 남기고, 여자의 모습은 완전히 소실됐다.

스튜와 구운 고기, 생선, 그리고 약간의 술.

저녁 식사를 마친 뒤에는 불을 둘러싸고 앉아서 담소.

밤하늘 아래에서, 다섯 명은 캠핑을 만끽했다.

야영 경험 자체는—— 없는 건 아니다.

2년 전, 용사 파티로 행동하던 때에는 동료들과 텐트를 치고 야영하는 일이 자주 있었다.

하지만 그것은 어디까지 전시 중의 행동.

적지, 또는 물자가 부족한 곳에서 교대로 보초를 서면서 조용히 밤을 지냈을 뿐.

시온에게는 처음이었다.

이렇게 즐겁기만 한 야영은.

시간이 흐르는 것도 잊어버리고 즐긴 뒤에——

다섯 명은 텐트에 들어가서 잠자리에 누웠다.

사전에 상담한 결과—— 가지고 온 텐트는 하나.

커다란 텐트에서 다섯 명이 같이 자기로 계획했다.

거기까지는 사전에 정한 일인데—— 하지만 당연하다고 할까, 막상 닥치니까 한바탕 소동이 벌어졌다.

"싫다 뭐~! 내가 시 님 옆에서 잘 거야~."

"무슨 소리야 페이나. 오늘은 내가 같이 자드리는 당번이잖아요? 시온 님 곁에서 자는 건 바로 저라고요!"

"오늘은 캠핑이잖아? 당번 같은 건 상관없거든요~."

"언제 그렇게 정했다는 거야."

"솔직히 말이야, 이 텐트, 다섯이서 자기엔 꽤 좁으니까 말이야~. 아르셰라가 옆에 있으면…… 시 님, 좁아서 숨이 막힐지도 모르거든~?"

"그게 무슨 뜻이야!"

"아니 뭐~ 깊은 뜻이 있는 건 아니거든요~."

"정말이지, 그딴 건 대충 넘어가고 후딱 잠이나 자자고. 난 졸려서 죽겠단 말이야……."

"이봐 이브리스…… 네놈, 혼자서 자리를 너무 많이 차지했다."

"앙? 나기, 그런 소리 하지 말라고. 난 몸을 뒤척일 자리가 없으면 잠을 못 자는 섬세한 성격이란 말이야."

"언제 어디서나 가리지 않고 졸던 녀석이 할 소리냐……."

"좁으면 나기 넌 앉아서 자면 되잖아? 왜, 너 자주 칼 끌어안고 앉아서 잤잖아?"

"전시도 적지도 아닌데 그렇게 잘 필요가 어디 있나. 나도 편하게 자고 싶다."

"흐~응. 말은 그렇게 하지만…… 너도 사실은 도련님이랑 같이 자고 싶은 거냐?"

"뭣이?! 무, 무슨 바보 같은 소리를……! 난 딱히, 그런…… 평소에 같이 자드리는 것도, 어디까지나 주군의 명령이기에 따를 뿐이고, 그러니까……."

"하하하. 얼굴 새빨개졌다."

"큭…… 네, 네놈이야말로 어떤 생각이냐, 이브리스?"

"앙?"

"네놈도 사실은…… 나리마님과 같이 자고 싶은 것이 아니더냐?"

"뭐, 뭐라고? 무, 무슨 바보 같은 소리야……. 난 딱히…… 원래 혼자 자는 게 좋고, 같이 자는 건 시키니까 하는 것뿐이고……."

"흥. 왜 그러냐, 얼굴이 빨갛다만?"

"큭……. 너, 너도 말재간이 많이 늘었다, 나기. 재미있는데. 잠깐 따라와 봐라. 한 판 붙어보자."

"좋다. 그 승부, 받아드리겠다."

"아, 진짜! 나 화났어 아르셰라! 실력으로 결판을 내자고!"

"바라는 바야. 솔직히 당신들 전부, 한꺼번에 상대해줄 수도 있거든요? 메이드장의 실력을 보여주겠어요."

텐트 안의 소동은 점점 치열해졌고, 최종적으로는 밖으로 나가서 배틀 로열이라도 벌일 것 같은 분위기가 됐는데,

"작작 좀 해라, 너희들!"

시온이 그렇게 소리를 지르자 분위기가 진정됐다.

최종적으로 자는 위치는── 제비뽑기로 정하기로 했다.

위치 선정이 끝나자 각자 지정된 위치에 누웠고, 불을 껐다.

잠시 담소가 오가기도 했지만, 마침내 그것도 끝났다.

그리고 텐트 안에는 숨소리만이 들려왔다.

밤은 조용히 깊어간다.

마침내.

한밤중을 지났을 무렵──

"…………."

번쩍.

시온이 눈을 떴다.

아직 잠기운이 남아 있는 고개를 들고, 별생각 없이 텐트 안을 둘러봤다.

'어라……?'

없다.

한 사람이, 없다.

다른 세 명은 새근새근 숨소리를 내면서 잠들어 있는데, 그 사람 하나만 보이지 않는다. 자고 있던 장소가 텅 비어 있다.

'……페이나?'

소리도 내지 않고 텐트 밖으로 나와, 시온은 주위를 산책했다.

조용한 밤이었다.

바람이 나무들을 흔드는 소리만이 기분 나쁘게 울렸다.

달빛에 의지해 어두운 숲속을 걸어가다가──

조금 트인 곳에서 페이나를 발견했다.

그리고, 깜짝 놀랐다.

"…………."

페이나는── 춤을 추고 있었다.

달빛 아래에서, 혼자서 춤을 추고 있다.

처음 보는 춤이었다.

어쩌면 그것은 춤이 아니었는지도 모른다.

기술로서 체계화된 춤과는 뭔가가 다른 것 같은 기분이었다. 페이나의 움직임에는 통일성도 규칙성도 전혀 찾아볼 수가 없다.

때로는 유연하게, 때로는 거칠게.

마치, 마음이 이끄는 대로 팔다리를 움직이는 것처럼——

치졸하다고 한다면, 그럴 수도 있겠지.

기술적으로 어려운 동작은 하나도 없다.

어린애도 할 수 있는 것들을 하고 있을 뿐이다.

그런데—— 어째선지 눈을 뗄 수가 없다.

마침내 구름이 걷히고, 반쯤 숨어 있던 달이 완전히 드러났다.

오늘 밤은 보름달이었다.

감정과 본능이 이끄는 대로, 밤을 배경으로 소리도 없이 춤추는 페이나에게서는, 뭐라 말로 형용할 수 없는 아름다움이 느껴졌다.

시온이 압도당해서, 아무 말도 못 하고 정신없이 보고 있는데,

"……응? 어, 어라?"

페이나가 시온을 알아차렸다.

춤을 멈추고, 종종걸음으로 다가왔다.

"시, 시 님……? 어째서, 여기에?"

"그냥 눈이 떠져서."

약간 난처해하는 얼굴로 말하는 페이나에게 시온이 대답했다.

"……정말로 춤이 특기였구나."

비스테아의 주점에서 페이나가 춤을 피로했다는 이야기를 들었을 때는 믿을 수 없다는 기분이 더 강했다.

물론 거짓말이라고 생각하지는 않았지만, 페이나가 어떤 춤을 추는지 도저히 상상할 수가 없었기 때문이다

하지만, 지금이라면 납득할 수 있다.

저런 춤을 봤다면 모든 이가 정신없이 빠져들었겠지.

머리가 아니라 마음에 호소하는 것 같은, 본능의 춤.

전문가가 기술적인 관점에서 봤을 때는 좋은 평가를 받지 못할 수도 있겠지만, 그래도 뭔가가── 기술을 뛰어넘은 무언가가 담겨 있는 춤이었다.

"으아…… 뭐야, 역시 보고 있었구나, 시 님…… 창피해."

"왜 부끄러워하는데? 정말 아름다운 춤이었잖아?"

"아냐아냐, 그렇게 대단한 게 아니라니까…… 그리고 뭐랄까, 이상하잖아? 밤중에 혼자서 춤추는 거 말이야. 완전히 자아도취 해버린 사람 같아서……."

뭔지 이해하기 힘든 포인트 때문에 부끄러워하는 페이나.

머리를 긁은 뒤에,

"왠지 나도, 잠이 확 깨버렸거든."

그렇게, 작은 목소리로 중얼거리는 것처럼 말했다.

그리고는 고개를 들어서 밤하늘을 바라봤다.

페이나의 시선이 향한 곳에는 푸르스름하게 빛나는 보름달이 있었다.

"달이 동~그래서 그러나? 이상하게 기분이 달아오르고, 우와~

하는 게…… 그래서 나도 모르게 춤을 췄다는 얘기야.”

쓸쓸하게 웃으면서 말했다.

“내가 태어난 것도, 이런 보름달 밤이었어.”

“………….”

웃고는 있지만 얼굴에는 살짝 비통한 기색이 드리웠다.

시온도 가슴이 아파졌다.

『마나가름』.

그 이름에『달을 잡아먹는 개』라는 의미가 담겨 있는 전설의 마랑(魔狼)은, 마계에서 천재지변과도 같은 의식을 통해서 태어난다.

마계에는 수백 년에 한 번, 마랑이 대량 발생하는 시기가 있다고 한다.

너무나 불어난 마랑 집단은 시커먼 파도처럼 대지를 질주하고 마계 각지에 막대한 피해를 불러온다.

인간 세계에 비유하자면―― 메뚜기 떼에 가까운 현상이다.

어떤 종류의 메뚜기는 태어나서 자란 집단이 과밀 상태가 됐을 때,『군생상(群生相)』이라고 불리는 상태로 변화한다.

『군생상』으로 변화한 메뚜기는 보통 개체보다 날개가 길고, 다리가 짧고, 색은 검은색이 되고―― 그리고 보다 사납고 흉포해진다.

각지의 작물을 먹어치우고, 같은 종류의 메뚜기끼리도 서로 잡아먹는다.

인간 세계에서는 대지를 가득 메우는 검은 메뚜기 무리를 천재지변이라 부르며 두려워하고, 지역에 따라서는 메뚜기를 악마의 화신이라 부르며 몹시 싫어하고 있다.

그리고.

마계의 마랑 대량 발생도 그것과 흡사했다.

과밀 상태로 자란 늑대는 보다 흉포하고 보다 흉악한 성질로 변화해서, 식욕이 이끄는 대로 마계의 모든 것들을 먹어 치우려고 했다.

그런 재해에 대처하기 위해—— 당시의 마왕을 필두로 마계의 유력자들이 움직였다.

마계의 유력자들조차도 너무 불어난 늑대 때문에 고생을 했지만, 그들의 노력에 의해서 마랑들의 숫자는 서서히, 서서히 줄어들었다.

그리고—— 최후의 최후.

여러 현자가 지혜를 짜내서 늑대들을 한 곳에 가두는 책략을 만들어냈다.

마왕은 마계 일부를 사막으로 바꾸고—— 그곳에 남은 666마리의 늑대들을 유도하고 결계로 공간을 닫아버렸다.

낮에는 작렬, 밤에는 극한의 추위가 찾아오는 지옥과도 같은 사막.

초목은 고사하고 물조차도 없는 세상에 격리된 늑대들은—— 서로를 잡아먹기 시작했다.

주림을 견디기 위해서 주저하지 않고, 옆에 있는 동족을 향해 이를 드러냈다.

그리고는 식욕이 이끄는 대로, 생존본능이 이끄는 대로, 계속 서로를 잡아먹었다.

한 마리, 또 한 마리, 매일매일 숫자가 줄어드는 생존경쟁.

피로 피를 씻는 것 같은 투쟁과 식사 끝에 마랑들의 마력은 서로 녹아드는 것처럼 섞였고, 진하게 졸인 것 같은 상태가 되어갔다.

그리고 마지막으로 남은 한 마리는—— 절대적인 마력을 지니게 됐다.

모든 것을 갈라버리는 발톱과 모든 것을 물어뜯는 이빨을 지녔다.

하지만.

주위에는 더 이상, 아무도 없다.

그녀 주위에는 먹이도 동료도 없다.

제아무리 강인한 이빨과 발톱이 있어도 잡아먹을 상대가 없다.

피로 물들어버린 사막에서, 혼자서.

더 이상 서로를 잡아먹을 수도 없다.

지옥 같은 생존경쟁 끝에서 기다리고 있던 것은—— 절대적인 고독이었다.

그리고 그녀는—— 울부짖었다.

달을 향해, 길게 울었다.

늑대의 하울링 같기도 하고, 갓난아이가 태어나면서 내는 소리 같기도 하고.

그리고—— 통곡 소리 같기도 했다.

사막에서 오로지 혼자서, 언제까지고 계속 울부짖었다.

하지만, 대답하는 이는 없었다.

"……왜 그랬을까~? 내가 왜 그렇게 울었을까?"

담담하게 자신의 과거를 이야기한 뒤에, 페이나는 곤란하다는 것처럼 웃었다.

"왠지…… 으앙~~ 하는 기분이 이끄는 대로 울었던 것 같아. 그건가? 인간도 갓 태어났을 때 울던가?"

"……그래."

"그럼, 그런 느낌이겠다. 나도 그날 태어난 거나 마찬가지니까."

"…………."

"그 전의 기억은 거의 없어. 하나도 없는 건 아니지만…… 뭐라고 해야 좋지? 내가 아닌 누군가의 기억 같다고── 아니, 반대인가."

페이나는 곤란하다는 것처럼 말했다.

"그날── 나는 새로운 누군가가 됐어."

"…………."

수많은 마랑의 마력은 처절한 동족상잔 끝에 서로 녹아드는 것처럼 뒤섞였고, 졸인 것처럼 진해졌다.

그때, 마력과 동시에── 기억까지도 같이 녹아들었다고 생각된다.

마지막에 살아남은 하나에 깃든 혼과 인격이 어떤 개체의 것인지는 모른다.

어떤 하나의 인격이 살아남은 걸까, 아니면 수많은 개체의 인격이 통합된 결과일까.

시온은 물론이고 페이나 자신조차도 모른다.

"울고, 울고, 목이 쉴 때까지 계속 울었는데…… 그래도, 아무도 대답하지 않았어. 주위에 있는 건 모래뿐이고, 다른 건 아무것도 없었어……."

사막에서 태어난 늑대는 계속 울부짖었다.

그건 틀림없이, 갓난아기가 부모를 찾아서 우는 행위였던 것 같다.

누군가를.

자신 이외의 누군가를 원했던 것이다.

하지만──그녀의 목소리가 누군가에게 전해지는 일은 없었다.

마왕이 지혜를 집결해서, 마랑들을 전멸시키기 위해서 만든 사막. 마지막 개체가 죽어 없어질 때까지, 결계는 풀리지 않는다.

"목이 완전히 쉬어서, 아무리 짖어도 피만 나오게 됐을 때……난──춤을 췄어."

페이나가 말했다.

"춤을……?"

"응. 뭐, 춤이라고 할까, 그냥 날뛰었다고 하는 게 맞을 수도 있지만. 아무것도 생각하지 않고, 솟아오르는 감정이 이끄는 대로, 그냥 내 멋대로 움직여댔을 뿐이야."

아하하, 하고,

힘없이 웃는 페이나.

"영문을 모르겠지. 그런 짓을 하면 배만 더 고플 텐데, 굶어 죽는 게 더 빨라질 뿐인데⋯⋯ 그런데도 나는, 계속 춤을 췄어. 혼자서, 계속⋯⋯."

"⋯⋯⋯⋯."

물도 먹이도 없는 극한 상태에서, 목이 쉰 뒤에 혼자서 의미도 없이 춤을 춘 이유── 시온은 왠지, 그 이유를 알 것 같았다.

고독.

그 한없는 허무함을, 조금이나마 알고 있기에.

왕도에서 추방된 뒤로 일 년 동안── 시온은 혼자서 유랑했다. 누구와도 관여하지 않고, 어울리지도 않고, 사람들 사는 곳은 피해서 계속 걸었다.

지금 살고 있는 저택을 발견해서 정착한 뒤에도 허무함은 달라지지 않았다.

고독에 짓눌리는 것만 같은 날들이었다.

'내 고독 따위는⋯⋯ 페이나하고는 비교도 안 되겠지.'

고독하기는 했지만 시온에게는 먹을 것도 마실 것도 있었고, 책이나 신문 등을 통해서 바깥세상의 정보를 얻을 수도 있었다.

한 달에 한 번은 시내에 가서 장도 볼 수 있었고.

하지만── 페이나는 아니었다.

식량도 마실 물도 없고, 자신 외에는 모래밖에 없는 사막.

동족상잔 끝에 태어난 생명은 자신의 기억조차도 불확실한 상태에서, 그런 극한의 땅에 설 수밖에 없었다.

　고독의 질이, 너무나 다르다.

　그래서—— 알 것 같다.

　울고, 울고, 그리고 목이 쉬어버린 뒤에, 춤을 춘 이유를.

　"봐줬으면 싶었던 거야, 아마도."

　페이나가 말했다.

　그것은 시온의 추측과 같은 답이었다.

　"누구든 좋으니까, 누가 봐줬으면 싶었어. 내가 여기 있다는 걸, 내가 여기서 숨을 쉬고 있다는 걸…… 누구든 좋으니까, 누군가가 알아줬으면 싶었어."

　그래서 열심히 춤을 췄다고.

　페이나는 그렇게 말했다.

　그것은 진정한 의미로, 한껏 이었겠지.

　그 무엇도 가리지 않고 몸과 마음을 다해서, 온몸을 써서 자신의 존재를 증명하려고 했다.

　봐줬으면 싶었다.

　찾아줬으면 싶었다.

　자신이 아닌, 누군가가——

　'그래서 페이나의 춤은, 그렇게나…….'

　기술적으로는 치졸하고, 형식도 뭣도 없는 페이나의 춤이 왜 이렇게나 보는 사람의 마음을 흔드는지, 알 것 같은 기분이 들었다.

　페이나의 춤은, 그녀가 가진 유일한, 고독을 견디기 위한 수단이었다.

다른 이를 찾아서 외치는 격렬한 통곡이, 춤을 통해서 다른 이의 마음까지 전해진 것이겠지.

"뭐, 결국은 헛수고였지만. 아무리 춤을 춰도 그냥 허무할 뿐이었어. 아무도 알아주지 않았지."

자조하는 것처럼 말한 뒤에, 페이나가 하늘을 바라봤다.

"달이 뜬 밤에는…… 그나마 괜찮았던 것 같아. 아무도 봐주지 않는 나를, 달만은 봐주는 것 같았거든."

"…………."

"어라, 아하하. 너무 허무한가? 달님이 관객이라니."

장난스레 말하고 어깨를 으쓱거리는 페이나.

"결국, 몇 년이나 혼자서 춤을 췄더라……? 날짜 감각이 완전히 사라져버려서 나도 잘 모르겠어."

"인간이라면—— 마실 물이 없으면 사흘도 못 버티고 죽었을 것이다.

하지만 마족의 몸은 인간과 근본적으로 다르다.

게다가——『마나가름』이라고 불릴 정도의 마력을 지녔다면, 다른 것들과는 비교도 안 될 만큼 강한 생명력을 지녔겠지.

그 탓에—— 처절한 지옥을 봤다.

아무리 굶주려도 아무리 목이 말라도, 죽고 싶어도 죽을 수 없는 산지옥을——

"아무리 춤을 춰도 달라지는 게 하나도 없어서, 마지막에는 결국 몸에 한계가 와서 꼼짝도 할 수 없게 됐고…… 굶어 죽기 직전이 됐을 때—— 결계가 풀리고 마왕님이 날 내보내 주셨어.『내

부하가 되겠다면 살려주겠다』라면서 말이야."

페이나를 가둬버린 마왕이 아니라 그다음 마왕이겠지.

2년 전에—— 시온이 죽인 마왕이다.

'그 이야기는 들은 적이 있다.'

시온이 태어나기도 전에 있었던 일이지만, 인간 세상에까지 전해졌던 소문이 있었다.

사막에 유폐돼 있던 전설의 마랑을 마왕이 부하로 거뒀다는, 그런 소문이.

"그다음에는 알고 있는 것처럼 마왕님이 시키는 대로 움직였고, 어느샌가 『사천여왕』이라고 불리게 됐고, 그리고 시 님이랑 투닥거리기도 했는데…… 뭐라고 해야 하나."

고개를 살짝 숙이고, 우울한 한숨을 내쉬었다.

"왠지 허무하다, 내 인생."

"허무하다……."

"태어난 순간부터 천애고아나 마찬가지고, 그 뒤에는 시키는 대로 싸우고 또 싸우고…… 정말, 아무것도 없는 인생이었어."

"……지금도, 그렇게 생각해?"

불안한 마음에 그렇게 물은 시온.

하지만 페이나는,

"엉?"

얼빠진 표정을 지었다.

그리고 갑자기 웃음을 터트렸다.

"풉…… 아하하. 무슨 소리야 시 님? 그럴 리가 없잖아."

페이나가 말했다.

아주 딱 잘라서, 말했다.

"전부 옛날이야기고 과거형이잖아. 지금은 전혀, 하나도, 안 허무해. 지금까지 중에서 제일 즐겁고, 제일 충실하게 살고 있어."

"그, 그렇구나."

쑥스러워서 고개를 돌리는 시온.

자기도 모르게 불안한 마음이 들어서 그렇게 묻기는 했지만, 이렇게 대놓고 부정하니까 이번에는 창피한 기분이 들었다.

"잊어버렸어? 분명히 전에 말했었는데…… 시 님이랑 같이 있으면 살아 있다는 기분이 든다고."

그건 틀림없이, 들어본 적이 있는 말이었다.

무투대회 때, 여관에서 페이나와 단둘이 있었을 때, 그녀가 시온의 다리에 머리를 얹어놓고서 했던 말이다.

──시 님이랑 같이 있으면 말이야, 뭐랄까…… 살면서 정말 기분이 좋거든. 지금까지 있었던 어떤 곳보다, 훨씬.

"전해지지 않았던 건가? 나, 내 입으로 말하기는 그렇지만, 정말 신나게 하루하루를 살고 있다고 생각하는데?"

"……그렇구나"

"아하하. 부정은 안 하네."

깔깔 웃는 페이나.

아무래도 부정할 수 없었다.

왜냐하면 페이나는—— 매일매일, 정말로 즐겁게 살아가고 있으니까.

"계속 갖고 싶었어…… 아마도 태어난 순간부터 계속 원했고…… 난, 겨우 손에 넣은 거야. 같이 있으면『난 혼자가 아니다』라고 실감할 수 있는, 소중한 가족을……."

온화한 미소를 지으면서 말했는데, 그런 페이나의 얼굴이 점점 발그레해졌다.

"……응, 창피해. 왠지 엄청 창피한 소리 한 것 같다……!"

"창피할 이유는 없을 텐데?"

"아냐~ 왠지 창피해! 가족이라는 건 말이야…… 으아~ 역시 보름달 때문에 기분이 이상해져서 그러나. 저기 시 님…… 지금 한 얘기, 다른 셋한테는 말하지 말아줘?"

"그래, 알았어."

씁쓸하게 웃으면서, 시온이 고개를 끄덕였다.

"그나저나…… 페이나의 춤을 봐서 정말 다행이다. 비스테아에서 췄다는 얘기를 듣고서, 기회가 되면 보고 싶다고 생각했었는데."

"뭐야, 그랬어? 말했으면…… 뭐, 마음이 내켰으면 보여줬을 텐데. 훨씬…… 야한 옷 입고서."

"필요 없어. 그나저나 페이나. 관심이 있다면 전문적으로 배우는 건 어때?"

"뭐?"

"앞으로도 그 주점에서 춤출 생각이잖아?"

"뭐, 기분이 내키면."

"그렇다면 어딘가, 제대로 된 곳에서 배우는 것도 좋을 것 같아. 돈이 필요하다면 내가 줄 테니까."

"어, 어…… 어, 어떻게 하지~. 뭐, 조금 생각해 볼래에…….."

그런 이야기를 주고받은 뒤에,

"――!"

갑자기 페이나가 고개를 돌아봤다.

그리고는 뒤를 돌아서, 먼 곳을 바라보는 것 같았다.

"왜 그래, 페이나?"

"뭔가…… 울음소리가 들렸어."

"뭐라고? 마수인가?"

"응, 아마도…….."

약간 자신 없게 말했다.

청각이나 기척을 감지하는 능력은, 페이나가 시온보다 훨씬 뛰어나다.

그런 페이나가 애매하게 표현했다는 건 대상이 상당히 멀리 있거나, 아니면―― 기척이 상당히 작다는 뜻이다.

"공격해오는 일은, 아마 없을 거야. 목소리는 아주 작고…… 아마, 힘도 없는 것 같아."

"힘이 없어……?"

시온도 페이나가 보고 있는 쪽으로 의식을 집중해봤다.

멀리, 몇 킬로미터 떨어진 곳.

집중해야 간신히 알 수 있을 정도로, 약한 기척이 있었다.

"······분명히 마수가 있어. 게다가······ 당장이라도 사라질 것 같은 기척이다."

"잠깐 가보자, 시 님."

"그래."

두 사람은 숲속을 누비며 기척이 느껴진 방향으로 달려갔다.

겨우 몇 분 만에, 기척의 주인이 있는 곳에 도착했다.

"······강아지?"

거기에 있던 것은── 작은 개였다.

검은 털을 가진 소형견처럼 보이지만, 아주 약간이나마 마력이 느껴진다.

틀림없는 마수다.

아직 대단한 힘은 지니지 못한, 새끼 마수.

"시 님, 얘······ 다친 것 같아."

새끼 마수는 커다란 나무 뿌리께에 기대는 것처럼 쓰러져 있었다. 몸통에 깊이 베인 상처가 있고, 거기서 피가 줄줄 흘러나오고 있다.

눈에는 힘이 없고, 숨도 지금 당장 멈춰버릴 것 같다.

"시 님······."

"나도 알아."

고개를 끄덕이고, 시온은 강아지 쪽으로 손을 내밀었다.

치유 마술을 발동했다.

불사의 육체가 되고 자신의 몸을 치유할 필요가 없어진 뒤로, 시온의 치유 마술 실력은 예전보다 떨어졌다.

하지만, 그래도 어지간한 마술사보다는 훨씬 대단한 실력을 자랑한다.

'출혈은 심하지만…… 상처 자체는 그렇게 깊지 않아.'

증상을 보면서 출력을 조절했다.

겨우 몇 초 만에 상처가 완전히 나았다.

"좋았어. 이제 괜찮아."

"다행이다. 역시 시 님이야."

상처가 나은 마견은 처음엔 이상하다는 것처럼 고개를 돌려서 자기 몸의 상처와 주위를 둘러봤지만, 마침내 힘차게 짖기 시작했다.

"아하하. 고맙다고 하네, 시 님."

"호오. 페이나는 개 말을 알아듣는 건가. 처음 알았는데."

"뭐야, 왜 진지한 얼굴로 분석하고 있어? 아무리 내가 늑대라고 해도 개들 말은 못 알아듣거든. 그냥 해본 말이야."

완전히 엉뚱한 착각을 한 시온에게, 한심하다는 것처럼 딴죽을 거는 페이나.

"우와~~ 자세히 보니까 진짜 귀엽다, 이 개. 자, 이리 봐봐."

눈을 반짝반짝 빛내며, 페이나가 웅크리고 앉아서 손짓을 했다.

상처를 치료해준 데 대해 은혜를 느끼는 건지, 마견은 크게 경계하지도 않고 다가왔다.

페이나는 마견을 가볍게 들어 올리더니 얼굴에 볼을 비비고서 꼭 끌어안았다.

"꺄~ 귀엽다, 진짜 예쁘다! 복슬복슬, 엄청 복슬복슬하네!"

"……적당히 해라."

"뭐야, 시 님 질투해? 그렇게 삐치지 마, 다음엔 시 님 차례니까."

"하, 하지 마! 난 딱히, 네가 볼을 비벼달라고 하는 게 아니라고!"

"뭐……?"

있는 힘껏 부정했더니 깜짝 놀라는 페이나.

"다음엔 시 님이 얘를 안고서 만져보라는 얘기였는데……."

"……뭐."

또 착각해버린 시온.

게다가 이번에는 상당히 창피한 착각이었다.

예상대로 페이나는 짓궂은 미소를 지었다.

"으아~ 시 님, 대체 뭘 기대했던 거야~? 그렇게 내가 볼을 부벼줬으면 싶었어? 말을 하지, 언제든지 해줄 텐데."

"시, 시끄러! 오지 마! 다가오지 말라고!"

"아하하. 자, 여기. 시 님 차례야."

그렇게 말하고, 페이나가 강아지를 건네줬다.

쭈뼛쭈뼛 받아들고, 그리고는 털을 쓰다듬어봤다.

'호오…….'

복슬복슬한 감촉이 정말로 기분 좋았다.

한바탕 쓰다듬어준 뒤에 바닥에 내려줬지만, 강아지는 시온과 페이나가 마음에 들어버렸는지 다른 곳으로 가려고 하지를 않았다.

"얘, 왜 혼자 이러고 있었던 걸까?"

"아마도…… 내 위협 때문이겠지. 부모나 동료가 이 근처에서 도망칠 때, 혼자 뒤처졌을 거야."

"아~ 그렇구나. 다쳐서 따라가질 못했구나."

"글쎄…… 과연 그럴까."

평범하게 생각해보면 상처 때문에 무리를 따라가지 못했다고 생각해야겠지만, 그런 것 치고는 상처가 생긴 지 얼마 안 된 것처럼 보였다.

뒤처진 뒤에 어디선가 다쳤을 가능성이 더 크다.

'뭐…… 어쨌거나 내 위협과 관계됐다는 사실에는 변함이 없지만.'

시온은 조금 책임을 느꼈다.

"그래, 그랬구나…… 혼자서 많이 쓸쓸했지."

페이나가 다시 웅크리고 앉자, 강아지도 다시 가까이 다가왔다.

"아~ 뭐니, 너무 귀엽잖아. 저기 시 님, 얘 우리가 키우면 안 될까?"

"뭐……?"

"집에 데리고 가서 키우면 안 돼? 내가 잘 돌봐줄 테니까."

"……안 돼. 마수를 사람 사는 곳에 데려가는 건 허가할 수 없어."

마수는 마수.

지금은 아직 작고 사람을 잘 따르지만, 성장한 뒤에는 어떻게 될지 모른다.

애당초 마수는 사람 냄새를 좋아하지 않고 사람을 따르는 일은 지극히 적다.

페이나는 마족이고 시온도 지금은 마족에 가까운 상태라서 경계심이 약해진 것 같지만, 이 강아지가 다른 인간에게 어떻게 반응할지는 예측할 수 없다.

그리고 어미나 무리 동료들이 이 마수를 쫓아서 사람 사는 곳까지 내려올 가능성도 있다.

여러 요소를 생각해보면 도저히 허가할 수가 없었다.

"뭐~? 진짜 안 되는 거야? 저택 밖으로 내보내지만 않으면 괜찮지 않을까?"

"그렇게 가둬주면 이 아이가 너무 불쌍하잖아."

그리고, 시온이 계속해서 말했다.

"저택 안에 있어도 안전한 건 아니야. 왜냐하면 저택에는……내가 있으니까."

아, 하고. 페이나는 자기 실수를 깨닫고 창피해하는 표정을 지었다.

에너지 드레인.

시온의 저주받은 몸은 가까이에 있는 자의 생명력을 흡수한다. 『사천여왕』은 권속 계약 덕분에 영향을 안 받고 있지만―― 다른 예외는 없다.

개라든지 동물을 키우게 되면, 시온이 아무리 억누른다고 해도, 하루하루 생활하는 중에 서서히 생명을 흡수당해서 천천히 죽어가게 될 것이다.

"내가 있는 저택에서 같이 살면, 이 작은 몸으로는 한 달도 못 버티고 죽겠지. 권속 계약도 불가능해. 너희는 고위 마족이니까 간신히 성립된 것이지, 하위 마수가 견딜 수 있는 일이 아니야."

시온은 담담하게 말했다.

"그러니까, 우리 집에서 키우는 건 무리야. 미안하다."

"아냐…… 나야말로 미안해. 혼자서 너무 신이 났었나 봐."

솔직하게 고개를 숙이는 페이나.

"그렇겠네. 이 아이도 이 산에 가족이 있을 테니까.

강아지를 똑바로 보면서 포기하는 말을 했다.

"음~ 아…… 저기~ 시 님. 키우는 건 포기할 테니까, 오늘 밤만 얘랑 자도 될까?"

"…………."

"텐트 안에 데리고 들어가지는 않을 테니까. 나, 얘랑 같이 밖에서 잘게."

"하아……. 마음대로 해라."

"와~ 시 님 정말 좋아~!"

시온이 한숨을 쉬며 말하자, 페이나가 쾌재를 질렀다.

Presented by Kota Nozomi / Illustration = Pyon-Kti

Genius
Hero
and
Maid
Sister

제6장 전직 용사는 신과 대치한다

심야——

"그럼 시 님, 이제 그만 잘까."

강아지를 사랑스럽게 안은 채, 페이나가 말했다.

"아니, 나는 좀 더 걷다가 들어갈게. 먼저 가 있어."

"흐응? 뭐야, 쉬야 하려고?"

"……만약에 그렇다고 해도, 그런 건 말하지 않는 게 예의야."

"아하하. 알았어, 알았어. 그럼 나 먼저 갈게~."

가볍게 인사를 하고, 페이나는 먼저 가버렸다.

텐트 쪽으로 갔는데, 강아지랑 같이 간다고 했으니까 아마도 텐트 뒤쪽에 누워서 밤을 보낼 생각이겠지.

보름달 아래——

혼자 남겨진 시온은 천천히 눈을 감았다.

"……자."

감았던 눈을—— 떴다.

그 눈동자에는 예리하고 딱딱한 빛이 깃들어 있었다. 조금 전까지 페이나에게 보여주던 것과는 전혀 다른 눈이다.

경계와 적개심.

그리고, 흔들림 없는 각오.

강한 의지가 깃든 눈동자로, 시온은 뒤를 돌아봤다.

"오래 기다렸지."

거기에—— 있었다.

마치 처음부터 거기에 서 있었던 것처럼, 있었다.

달빛을 배경으로, 아주 자연스럽게 서 있다.

흰 머리카락과 온화한 얼굴.

날씬한 몸에 작은 키.

어디에나 있을 법한 소년으로 보이지만, 시온은 그 소년을 볼 때마다 기분 나쁜 위화감을 품을 수밖에 없었다.

위화감이 없다는 점이 위화감.

너무나 자연스러워서 부자연.

마치, 모순되는 사실 자체가 모순인 것 같은——

"오랜만이네—— 시온."

소년이, 노인이 말했다.

친하게, 마치 오래 알고 지낸 사이라도 되는 양.

"무투대회 때 보고 처음인가."

"그렇게 되지."

"하지만, 난 그다지 오랜만이라는 기분이 들지 않아. 네 움직임에는 항상 신경을 쓰고 있으니까."

"…………."

"뭐 어쨌거나—— 내 부름에 응해줘서 기뻐."

실실 웃으면서 말하는 노인.

시온은 입을 꾹 다물고, 굳은 얼굴로 그를 노려보고 있었다.

조금 전——

텐트 안에서 잠들어 있던 시온이 눈을 뜬 것은 볼일을 보기 위해서도 아니고, 페이나가 없다는 걸 알아차렸기 때문도 아니다.

누군가가 불렀기 때문이다.

방법은 모르겠다.

그저, 부른 것 같은 기분이 들었다.

기분이 들었다, 고밖에 표현할 방법이 없다.

그냥 감각으로 깨달았다, 고밖에 말할 방법이 없다.

뭔지 모를 미지의 수단으로 시온의 마음에 말을 걸었다.

단둘이서 이야기하자고.

그것만으로도—— 충분했다.

자기소개 따위는 필요 없다.

신동이라 추앙받고 온갖 마술에 정통한 시온조차 짐작도 할 수 없는 연락 수단—— 그것이 오히려, 더할 나위 없을 정도의 자기소개가 되었다.

"나한테 무슨 볼일이지, 노인."

경계심을 드러내며, 시온이 물었다.

"볼일이라고 할 정도는 아니야. 단순히 너를—— 칭찬하러 왔어."

"칭찬?"

"칭찬…… 아니, 아예 항복하러 봤다고 해도 되겠지."

영문 모를 소리를, 혼자서 즐겁게 말하는 노인.

그리고,

"슬라임 때…… 그건, 정말 훌륭했어."

그렇게 말했다.

정말로 칭찬하는 것 같은 투로.

"……역시 그 슬라임은 네가 꾸민 짓이었나."

"물론이지."

긍정하는 노인.

이렇게 간단히 긍정하니 왠지 김이 새는 기분이다.

"뭐, 내 짓이라는 정도는 역시 눈치채고 있었네."

"…………."

"정말 곤란해. 널 함정에 빠트리려면 뭔가 규격을 벗어나고 부조리한 짓을 해야만 하는데…… 그렇게 되면 말이야, 어쨌거나 상식적으로는 불가능한 일을 저질러야만 하거든."

후우, 힘없이 한숨을 쉬었다.

"상식을 벗어난 짓을 하면 당연히 내가 했다고 의심하게 되겠지. 정말이지, 실패했어. 이럴 줄 알았다면 너한테 내 모습을 보여주지 않는 게 좋았을지도 모르겠네."

"…………."

"슬라임은 내가 꾸민 일이다. 그렇다면 그 목적도 이미 알고 있겠지? 아무래도── 그런 방법으로 나한테 한 방 먹였으니까."

그 어떤 공격도 무효화하는 원초의 슬라임.

신속하게 쓰러트리려면── 오른손의 힘을 쓰는 수밖에 없었다.

그래서, 시온은 사용했다.

저주의 힘을,『진호흡(노 브레스)』을 썼다.

단.

잘라낸 오른손으로.

덕분에── 성검을 흡수하지 않은 채로 손에 넣을 수 있었다.

"그 슬라임은…… 내가 성검을 흡수하게 만들기 위해서 준비했지. 그, 소재라고 불러야 할 성검을."

"훌륭해."

노인이 말했다.

"소재라…… 좋은 표현이야. 분명히 그건 성검의 소재 같은 것이니까. 쓸데없는 능력은 하나도 없는── 그저, 네가 흡수당하기 위해서 만든 것."

"만들었다…… 역시 네놈이, 그 성검을."

"그래, 맞아. 그리고…… 그것뿐만이 아니야. 이 대륙에 뿌려진 성검들은 전부── 내가 만들었지."

"뭐라고……?"

입속이 바짝 마르고, 고동이 빨라진다.

필사적으로 동요를 억누르면서, 시온이 물었다.

"그렇다면, 네놈이──."

"뭐, 그런 얘기지. 너희가 흔히 말하는 신이라는 존재야."

간단히.

너무나 간단히, 노인이 말했다.

"…………."

시온은── 아무 말도 하지 않았다.

믿을 수 없는 생각도 강하지만, 어딘가 납득하는 구석도 있다. 마음속 깊은 곳에서는 그렇게 생각하고 있었는지도 모른다.

"아하하. 왠지 창피하네. 몇 번을 말해도 익숙해지지가 않아. 『나는 신입니다』 같은 자기소개. 내 입으로 할 말은 아니라니까. 음~.
하지만 내 입으로 말하는 수밖에 없고…… 정말이지. 이런 때야말
로 해설 담당으로 이터너를 데리고 왔어야 하는데."

이터너.

예전의 마왕.

시온이 죽인 마왕.

그녀가, 인간이었던 시설의 이름이―― 용사였던 시절의 이름
이 이터너라고 했다.

지난번 무투대회.

노인에게 이끌려 들어갔던 이공간에서, 시온은 인간이었던 시
절의 그녀와 만났었다. 죽은 그녀와 또다시 말을 주고받았다.

그런 말도 안 되는 짓도, 눈앞에 있는 이 소년이 신이라면 납득
할 수 있다.

아니.

납득한다기보다는 납득할 수밖에 없다.

"……꽤나 간단히 인정하는군."

"부정해봤자 소용없으니까. 여기서 내가 부정해봤자, 넌 언젠
가 진실에 도달할 거야. 아니…… 어렴풋이 눈치채고 있었지?"

"…………."

"그거 봐. 그러니까 더는 거짓말을 해봤자 의미가 없어."

자조하는 것처럼 웃고, 노인은 어깨를 으쓱거렸다.

"최근에, 나는 널 위해서 여러모로 움직였는데…… 솔직히 말
하자면 하나같이 악수였어. 하는 일마다 번번이 예상과 다른 결

과가 나왔지. 그중에서도 가장 대표적인 것이 그 슬라임이고."

한숨을 쉬면서 말했다.

"나도 조금 조급해져 있었기 때문이겠지. 처음이었으니까──이렇게까지 내 마음대로 안 되는 용사는. 그래서 나 스스로, 너무 많이 움직이고 말았고…… 그 결과가 바로 그 실패. 정말이지, 완전히 한 방 먹었어."

"…………."

"전혀 예상도 못 했다니까. 그 상황, 그 상태에서『슬라임 속에 숨겨놓은 성검을 흡수하게 만든다』라는 내 작전을 눈치채고 그런 수단을 쓰다니. 넌 정말 착하니까, 만약에 내 의도를 눈치 채더라도 뒤에 있는 동료들을 지키기 위해서 오른손을 쓸 거라고 생각했는데…… 너는 내 예상을, 크게 뛰어넘었어."

"…………."

"그래서 칭찬이자 항복이야. 졌어, 졌다고. 넌 정말 대단한 녀석이야."

열심히 칭찬하면서 손뼉을 치는 노인.

짝짝짝, 공허한 소리가 울렸다.

"……수상하군. 목적이 뭐지?"

"목적 따위는 없어. 솔직하게 받아들여 줬으면 싶은데 말이야. 그 성검── 소재 성검을 빼앗긴 건, 나한테도 상당히 뼈아픈 실패거든."

씁쓸한 표정을 지은 채, 계속해서 말했다.

"그건 네가 흡수하는 것만 생각해서 급조한 물건이라서 말이야. 다른 성검들하고 다르게── 너무나 많은 힌트를 가지고 있어. 나에게 이어지는, 내 목적과 이어지는 힌트를 말이야."

"목적……."

"그래서 최소한의 발악으로, 최대한 빈정거리기 위해서, 내 입으로 직접 말해주기로 했어. 어차피 알아차릴 일이라면, 그냥 내가 먼저──."

"네 목적, 그건── 날 마왕으로 만드는 건가?"

시온이 말했다.

"성검을 모으고, 이 오른손으로 계속 힘을 흡수하면── 나는 언젠가 마왕이 되는 거지?"

"…………."

"지금까지 다른 용사들이 그랬던 것처럼."

노인은 순간적으로 얼빠진 표정을 지은 뒤에 깊은 한숨을 쉬었다.

"아아…… 이미 늦었나. 역시 대단해, 신동. 빈정거리는 말도 못 하게 만들다니."

"대단한 건 아니야. 그냥 근거 없는 추측이다."

겸손이 아니라 사실이다.

근거 따위는 없다.

하지만── 어딘가 확신 같은 것이 있었다.

가장 큰 계기는 이터너의 존재.

시온이 죽였던 마왕.

그녀는 원래 인간이었고── 그리고 용사였다고 했다.

사람들을 위해 마(魔)와 싸운, 용사였다.

선대 마왕을 쓰러트린 뒤에, 그녀는 저주에 걸렸다.

지금의 시온과 똑같은 체질이 됐고, 그저 존재하기만 해도 주위의 생명을 잡아먹는 해로운 짐승이 돼버렸다.

그리고 시온과 마찬가지로 신뢰했던 동료들에게 배신당했고, 자신이 구해준 사람들에게 박해받았고, 차별당하고, 멸시당하고── 마침내 그녀는 세상을 저주했다.

그 순간부터, 그녀는 새로운 마왕이 됐다.

'내가 죽인 마왕은 원래 선대 마왕을 쓰러트린 용사였다.'

그렇다면── 그전에는?

그녀가 쓰러트린 마왕도, 원래는──

"즉, 마왕이란 저주에 걸린 용사의 최후…… 겠지. 마왕을 죽인 용사는 저주에 의해 다음 마왕이 된다."

의연한 말투로, 시온이 말했다.

"용사는 마왕이 되고, 그리고 그 마왕을 죽인 용사가 다음 마왕이 된다…… 그런 이야기가, 지금까지 이 대륙에서 몇 번이나 되풀이됐지?"

"여덟…… 아니, 아홉 번인가."

노인이 말했다.

"네가 죽인 마왕── 이터너는 여덟 번째 마왕이었어. 그러니까 시온. 너는 아홉 번째가 되는 거야."

"…………."

여덟 번.

많은 것 같기도 하고 적은 것 같기도 한, 뭐라 말할 수 없는 숫자였다.

시온이 알고 있는 한, 대륙 역사에 등장하는 마왕은 이터너까지 포함해서 다섯 명만이 존재가 확인됐다.

기록된 것보다 훨씬 오래전부터 마왕은 존재했고—— 그리고, 그것을 죽인 자가 있었다는 것 같다.

"계속 되풀이된 마왕과 용사의 이야기…… 그것을 이어가는 것이 내 목적이고, 사명이야."

"……왜지?"

시온이 물었다.

"그런 짓에 무슨 의미가 있다는 거냐?"

목적은 알았지만 그 의도를 모르겠다.

무엇을 위해, 시온을 마왕으로 만들려는 걸까.

무엇을 위해, 용사와 마왕의 이야기를 되풀이하려는 걸까.

"의미 같은 건 없어. 그냥 이 세상이…… 그렇게 되어 있을 뿐이야."

"그렇, 게……."

"물이 위에서 아래로 흐르는 것처럼, 구름이 바람에 밀려 흘러가는 것처럼…… 용사와 마왕의 이야기는 되풀이된다. 그것이 반복되면서 이 세상이 올바르게 순환하고. 단지 그것뿐이야."

"…………."

"의미를 모르겠다는 얼굴이네? 하지만, 그렇게 말할 수밖에 없어. 이 세상은 계속 그렇게 성립되어왔어. 그렇게—— 내가 지금까지 유지해왔지.”

담담하게, 노인이 말했다.

시온에게 설명하는 걸까, 아니면 그저 독백인 걸까— 판단하기 곤란할 정도로, 자기 편한 대로 이야기하고 있는 것 같았다.

“『성검』과 『마왕의 저주』…… 넌 이미 이해하고 있는 것 같은데, 이 두 가지는 같은 것이야. 방향성이 정반대일 뿐이지 본질적으로는 같아.”

“……그래서, 성검을 계속 흡수하면—— 마왕으로 다가간다는 건가.”

“바로 그거야. 더 얘기하자면 말이야, 원래 하나였던 힘을 분리한 것이 『성검』과 『마왕의 저주』야.”

원래 하나였던 힘을, 분리.

하나였던 것을, 토막토막——

“분리된 탓에 불안정해지고 컨트롤을 잃은 상태가, 바로 용사가 걸리게 되는 『마왕의 저주』의 정체지. 그래서 그 불안정은 성검을 흡수하면서 서서히 해소되고.”

“…………”

『성검 멜토르』를 흡수하면서 시온의 저주는 조금 약해졌다.

그것을 성검의 신성 속성이 저주를 상쇄, 중화했다고 생각했었는데, 그 예상은 잘못된 것이었다.

오히려—— 정 반대.

성검을 흡수하면 할수록, 그 힘을 제어할 수 있게 된다.

제어할 수 있다—— 즉, 보다 깊이, 자신의 것이 된다.

'『성검』과『저주』.'

언제였던가, 나기와 했던 이야기가 생각났다.

『축복(祝)』과『저주(呪)』.

동방의 문자로 적어보면, 이 둘은 상당히 닮았다.

닮은 이유는── 그 둘의 본질이 같기 때문에.

인간이 이해할 수 있는 영역을 벗어난 힘.

인간에게 좋은 것이면『축복』이라 불리고, 인간에게 불리한 것이면『저주』라고 한다.

『성검』과『마왕의 저주』도── 아무래도 똑같은 경우인 것 같다.

본질적으로는 같은 것.

하지만 인간은 자신의 편의에 따라 다르게 부른다.

『인간의 나약함을 불쌍히 여긴 신께서 내리신 보검』이라는, 인간에게 유리한 이야기를 만들어내고 완전히 믿어버린다.

"흩어져버린 성검을 하나하나 모으면── 나뉜 힘이 하나가 되고, 저주의 힘을 제어할 수 있게 되지…… 그리고, 그자는 마왕이 되는 거야."

"…………."

떠올렸다.

시온이 대치했던 마왕이라는 존재를.

그는 지금의 시온과 마찬가지로, 존재하기만 해도 생명을 빨아들이는 힘을 가지고 있었다.

시온은 가지고 있던 성검『멜토르』로 그 힘에 대항했지만──

마왕의 힘은 동족인 마왕군에게는 영향을 미치지 않았다.

마왕은 에너지 드레인을—— 컨트롤하고 있었다.

"지금까지 있었던 용사들은 말이야, 한 사람도 빠짐없이 세상에 절망하고 마왕이 됐어."

노인이 말했다.

"목숨을 걸고 세상을 구한 뒤에 걸리는 저주, 바로 태도를 바꿔 버리는 동료들과 사람들…… 추방당하고, 박해받고, 고독에 빠진 그들은…… 하나같이 마음에 마(魔)가 깃들었지."

"…………."

떠올렸다.

예전의 자신을—— 저주에 걸린 직후의 자신을.

세상에 절망하려던 자신을.

"그들은 성검에서 힌트를 발견하면, 그 무엇을 희생해서라도 성검을 모으려고 했지. 옛 동료들을 전부 죽여 버리더라도 원래 몸으로 돌아가려 했어—— 그렇게 자기 위주로 생각하게 된 시점에서, 세상을 구하려고 하던 시절의 자신과 동떨어져 버렸다는 사실도 모르고 말이야."

시온은 그들을 책망할 수 없었다.

세상 전체를 저주하고 죽여 버리고 싶어지는 그 고독은—— 뼈아프게, 잘 알고 있다.

원래 몸으로 돌아갈 수만 있다면 그 무엇을 희생해도 좋다는, 그 마음도.

이 얼마나 얄궂은 일인가.

모든 것을 희생해서라도 원래 몸으로 돌아가고 싶다.

용사로서 긍지와 영광을 되찾고 싶다.

그런 감정을 품으면 품을수록── 용사였던 시절의 자신에게서 멀어지고, 마(魔)의 길로 빠져들게 된다니.

"성검을 여러 자루 준비한 것도 그것 때문이지. 저주에 걸린 용사는 성검이라는 희망에 사로잡히고, 그 희망 때문에 모든 것을 희생하는 수라가 되고, 성검을 모으는 과정에서 싸움을 되풀이하고, 그러는 중에 세상에도 자신에게도 절망해서 마왕이 되는 거야. 예외 없이…… 라고 생각했는데."

완전히 질렸다는 것처럼, 노인이 말했다.

"시온…… 너뿐이야. 너만이── 마음대로 움직이지 않아."

"…………"

"이런 용사는 처음이야. 저주에 걸려도 박해받아도, 죽고 싶어도 죽을 수 없는 괴물이 됐어도, 인간이라는 생물의 추악함과 끔찍함을 아무리 많이 겪어도…… 그래도, 마음만은 용사이고자 하는 자는."

그 목소리에는 칭찬하는 느낌과 동시에 모멸하는 느낌이 담겨 있었다.

아름다움을 칭찬하는 것 같으면서도 너무 아름다워서 기분 나쁘다고 침을 뱉는 것 같은, 모순된 감정이 절절하게 전해져 온다.

"그래서 나도 움직일 수밖에 없었어. 지금까지 이어져 온 이야기를, 지금까지 자아온 이야기를, 이런 데서 끝나게 할 수는 없었어."

"…………"

"그래서 내가 스스로 움직였고── 그 결과가, 이 꼴이지, 정말이지, 익숙하지 않은 짓은 하는 게 아니라니까."

"……그건 정말 아쉽게 됐네."

불손한 말투로, 시온이 말했다.

"장황한 고설, 감사한다 노인. 덕분에 불확실했던 추론에 근거가 생겼다."

"고마워할 건 없어. 처음에 말했던 것처럼, 이건 칭찬이자 항복이야. 그리고 동시에…… 선전포고이기도 하지."

"뭐……?"

"지금까지처럼 어느 편에 서지도 않고 내려다보는 위치에 있는 상태에서는, 널 어떻게 할 수 없다는 걸 알았어. 그래서 항복이야. 이 입장에서는 항복…… 앞으로는 명확하게 너와 적대하려고 해."

노인이 말했다.

지금까지의 그와 조금 다른, 적개심이 깃든 눈으로 시온을 보면서.

불안정하고 애매했던 기분 나쁜 기척에 방향성이 생겼고─ 그 모든 것이, 명확한 적개심이 돼서 시온에게로 향했다.

"나는 반드시 널 마왕으로 만들고 말겠다. 지금까지 계속 이어져온 이야기를 이런 데서 끝나게 할 수는 없어."

"……그딴 건 몰라."

시온이 말했다.

"용사도 마왕도…… 내 알 바 아냐. 나는 나로서 살아갈 거다. 이런 나를…… 가족이라고 인정해주는 녀석들과 함께."

"후후. 그렇게 말할 줄 알았어."

노인이 도발하는 것처럼 웃었다.

"결국은 그녀들의 존재가 아주 크다는 뜻이겠지. 너를 진실한 고독에서 구해준 그녀들이 있기에, 너는 아직 세상에 절망하지 않았어."

"…………."

"하지만 그렇기 때문에 더더욱, 그녀들을 위해서라도 원래 몸으로 돌아가고 싶지는 않아? 마왕이 돼서 저주를 마음대로 제어하고, 그 힘으로 세상을 마음대로 하고, 그리고 그녀들을 부하로 두면 되는 거야. 예전에 이터너가 그랬던 것처럼."

"그런 건 내 바람과 반대되는 일이야. 그리고…… 그 녀석들의 생각에도."

일말의 망설임도 없이, 시온이 말했다.

"난 세상 따위는 필요 없어. 가족이 살 집이 하나 있으면 그걸로 충분해."

"자유롭지 못한, 저주에 걸린 몸으로 계속 살아가야 하는데도?"

"이 몸도 어떻게든 할거야."

"어떻게?"

"어떻게든, 할거야."

시온은 말했다.

"최소한 네놈이 준비한 길을 걸어갈 생각은 없어. 우리 힘만 가지고, 반드시 어떻게든 해내겠어. 그 녀석들과 같이 살고…… 그리고, 언젠가 같이 죽기 위해서."

"후후후. 정말이지…… 듣는 내가 창피할 정도로 올곧은 사랑을 말하고 있잖아. 그녀들이 여기 없다고 해서 너무 솔직한 것 아냐?"

"……닥쳐."

놀리는 것처럼 웃는 노인을, 시온이 노려봤다.

그리고 빙글, 몸을 돌렸다.

"잘 가라 노인. 가능하다면 당분간 안 보고 싶다."

"너무 하네. 어차피 금세 다시 보게 될 거야."

거기서 대화를 끝내고, 시온은 걸음을 옮겼다.

뒤도 돌아보지 않고.

앞만을 보며, 가족이 기다리는 곳으로 걸어갔다.

시온이 가버린 뒤에——

노인은 잠시 그 자리에 서 있었다.

어디를 보고 있는 건지도 모를 눈으로, 멍하니 하늘만을 바라보면서.

"……하아."

우울한 한숨을 쉬었다.

입가에는 미소가 드리워 있었다.

"이거 참, 정말 마음대로 안 되네."

딱히 누가 들으라는 것도 아닌 말을, 혼자서 담담하게 중얼거렸다.

"이렇게 마음대로 안 되는 건 처음 경험하는 일이야. 하지만 어쩌면…… 인간은 모두 이런 감각을 맛보고 있는 걸까? 그렇다면 귀중한 경험이라고 할 수도 있겠네."

중얼거렸다.

"어쩌면 기쁜 일인지도 몰라. 스스로 생각하고, 자신의 의지를 가지고, 자신의 길을 자기 발로 걸어가는…… 훌륭하게 자립한 그를, 솔직하게 기뻐하고 칭찬해줘야 하는 건지도 몰라."

하지만, 말이야.

계속해서 말한다.

미소를 지은 채, 그러면서도 눈에는 희미한 짜증을 깃들이고.

"부모 곁을 떠나기에는 아직 너무 일러── 아홉 번째(노인)."

그렇게.

노인이 말했다.

신은── 말했다.

시온이라 불리는 소년을 『노인』이라고 불렀다.

『노인』.

그것은 옛 신들의 말로 아홉을 뜻하는 말──

"또 만나자, 노인. 그리고 다음에 만났을 때는 내가 지어준 이 이름으로 부르게 해줘. 얄미울 정도로 사랑스러운, 하나뿐인 내 아들아."

신은 어둠 속으로 녹아드는 것처럼 사라졌다.

중얼거린 말은 신동에게── 신의 아이에게는 전해지지 않았다.

지금은, 아직——

Presented by Kota Nozomi / Illustration = Pyon-Kti

Genius
Hero
and
Maid
Sister

에필로그 Genius Hero and Maid Sister.

다음 날 아침——

"아하하. 자, 이리 와봐!"

텐트 주위에서는 페이나가 강아지 마수와 놀고 있었다.

둘이서 뛰어다니면서 술래잡기를 하고, 어디선가 주워온 나무막대를 멀리 던져서 강아지한테 물어오게 하고.

"진짜진짜 잘 노네."

"누가 누구랑 말이냐?"

"둘 다."

"뭐, 그렇군. 정말 재미있어 보인다."

아침 식사용 빵을 먹으면서 별 관심도 없다는 것처럼 말하는 이브리스와, 애용하는 찻잔으로 차를 마시는 나기.

"정말이지, 페이나는 참······."

한심하다는 것처럼 말하면서, 아르셰라가 시온에게 홍차를 따라줬다.

"정말 놀랐어요. 아침에 눈을 떴더니 페이나가 없고, 그리고 밖에서 마수랑 같이 자고 있었으니까요. 이대로······ 저택에 데려가서 키운다는 소리나 안 하면 좋겠는데."

"뭐, 그건 괜찮을 거야."

적당히 대답하는 시온.

그 이야기는 어젯밤에 다 끝냈으니까.

페이나도 납득한 것 같으니까, 이제 와서 고집을 피우지는 않겠지.

"그래서 시온 님…… 여기 온천은 어떻게 할까요?"

"아무것도 안 해. 그냥 사실대로 보고해줘."

시온이 말했다.

"온천수와 흙 샘플을 제시하고, 『마소 농도가 너무 진해서 어쩔 도리가 없다』고 전해. 뒷일은 그쪽이 알아서 판단하면 되고. 뭐, 십중팔구 개척을 포기하겠지."

"그렇다면 땅은 이대로 둔다는 말씀이시군요."

"그렇게 되지."

그랬더니,

"뭐?! 여기 온천 개발 안 하는 거야?!"

페이나가 소리쳤다.

처음에는 낙담한 줄 알았지만 오히려 그 반대로.

아주 기뻐 보이는 표정이었다.

"그, 그래…… 마소 농도가 너무 진해서 인간은 도저히 버틸 수 가 없을 것 같으니까. 무리를 하면 어떻게든 개발할 수도 있을 것 같지만…… 아마도 그렇게까지 비용을 들여서 개발하고 싶은 사람은 없겠지."

"그렇구나, 다행이다~."

"……왜 그러지 페이나? 넌 분명히 온천이 돼서 떠들썩해지는 걸 기대했던 것 같은데?"

"처음에는 그랬는데 말이야~ 근데, 애를 발견했으니까."

그렇게 말하면서 강아지를 가볍게 안아 들었다.

"만약에 인간들이 관광지로 삼으면, 이 근처 마수들은 전부 없애버리거나 몰아낼 거잖아? 그러면 얘가 있을 곳도 없어질 테고…… 그러니까 지금은 개발을 안 하게 돼서 다행이다~ 싶어."

"그렇군."

"그리고 말이야, 여기에 인간들이 안 오게 되면…… 여기는 우리들만의 온천이 되는 거잖아?"

"흐음…… 그렇군. 그렇게 되는 건가."

"그치? 그렇다면 그쪽이 훨씬 좋아. 개인 온천이라니, 진짜 최고 아니겠어?"

즐겁게 미소 짓는 페이나.

"우리만의 온천인가, 나쁘지 않군."

"기왕이면 별장이라도 세우죠, 도련님. 피서지로 딱 좋을 것 같잖아요, 여기."

나기와 이브리스도 호의적인 반응을 보였다.

"그렇구나. 생각해보지."

고개를 끄덕이는 시온.

'우리들만의 온천, 이라…….'

생각도 못 해본 일이지만, 의외로 좋을 것 같기도 했다.

또다시 다섯 명이 온천을 즐기러 온다.

앞으로, 몇 번이건——

"역시 시 님이야, 말이 통한다니까."

"……단, 앞으로는 혼욕은 금지. 남녀를 확실하게 구분한다."

"뭐야~ 이제 와서 그런 소리 하기야."

"세상에, 시온 님…… 기껏 저희들만의 온천인데, 혼욕이 아니게 된다니……."

페이나와 아르셰라가 탄식하며 말했지만, 시온은 무시하기로 했다.

그런데.

그때.

"……음?"

멀리서── 기척이 느껴졌다.

'마수……? 아니, 그건 아닌데.'

이건 인간의 기척이다.

"뭔가…… 다가오고 있네."

"페이나도 느꼈어?"

"응. 열 명 정도려나?"

"그렇군. 길을 잃은…… 건 아닌 것 같다. 집단이고, 발을 맞춰서 곧장 이쪽으로 오고 있다.

의식을 집중했더니 집단의 상황을 어느 정도 파악할 수 있었다.

인원은 딱 열 명.

잘 단련된 몸을 가진 남자들 집단이고, 하나같이 무기를 장비했다.

'산적…… 치고는 너무 깔끔한데. 아마도 용병이겠지.'

용병이 무슨 이유로 이 산에?

생각할 수 있는 이유는── 하나뿐이다.

'…………'

시온은 의식을 더 집중해서 집단의 대화 내용을 포착했다.

『그나저나 하나도 안 나오네. 강력한 마수들 소굴이라고 했는데, 대체 어떤 놈이 퍼트린 헛소리야?』

『기껏 장비까지 갖췄는데, 김새네.』

『바보 같은 소리 하지 마. 마수 같은 건 안 나오는 게 제일이라고.』

『그래, 맞아. 이대로 정상까지 가서 온천을 조사하고 오기만 하면, 아주 편하게 돈이 들어오니까.』

『흥, 재미없게 말이야. 난 한바탕 싸우고 싶다고. 오랜만에 마수 사냥이다 싶어서 기껏 기대하고 왔는데. 눈에 보인 마수라고는 어젯밤에 그 똥개 새끼 같은 놈 하나뿐이었잖아?』

『그 강아지도 하나 못 잡은 놈이, 입만 살아서 말이야.』

『뭐라고? 그게 아냐. 그건 일부로 놔준 거야. 그렇게 새끼를 다치게 해놓으면, 어미 마수가 제 새끼를 구한답시고 튀어나올지도 모르잖아?』

『그렇군. 역시 형제는 대단해. 그래서 일부러 반만 죽여서 놔줬다는 거구만.』

『마수 사냥 때는 이 수법이 의외로 쓸만해. 마수라고 해도 제 새끼는 이쁜 것 같더라고. 새끼가 죽을 것 같으면 우글우글 몰려올 때도 있어. 게다가 다 죽어가는 새끼를 감싸느라 움직임도 둔해지는데, 그걸 패 잡으면 끝내주게 재미있지.』

『헤에. 역시 마수 사냥 전문가 답구만.』

『정말이지, 참 나쁜 놈들이셔.』

집단의 대화를 감지한 시온은 마음속으로 혀를 찼다.

'……내 탓이다.'

그들은 아마도 누군가가 온천지를 조사하라고 고용한 용병 집
단일 것이다.

시온이 위협한 탓에 지금 이 산에는 마수가 거의 없다.

그래서 간단히 침입했고—— 정상 부근까지 접근을 허락하고
말았다.

게다가.

그것 때문에——

'강아지 상처…… 칼로 벤 것 같은 상처 같기는 했는데.'

범인은 저 용병들 중의 한 사람이었던 것 같다.

시온의 위협에서 도망치다가 뒤처진 새끼 마수는 산속을 헤매
다가 용병들과 마주쳤고, 칼을 맞은 것이다.

'……젠장.'

딱히—— 그들이 뭔가 잘못된 짓을 한 건 아니다.

마수는 인간의 천적이고 해로운 짐승이다.

죽인다고 벌을 받는 법은 없고, 불만을 갖는 사람도 없다.

끔찍한 수법으로 죽여도, 반쯤 장난으로 죽여도, 그것을 악이
라고 단정할 수는 없다.

그들은 아무것도 잘못한 게 없다.

205

하지만.

노서이 씻어낼 수 없는 불쾌감이, 가슴속을 가득 채우고 있었다.

그리고 같은 감정을 품은 사람이── 또 하나 있었다.

"……흐응. 그랬단 말이지."

어딘가 차가운 목소리로, 페이나가 말했다.

"저놈들이, 애를 다치게 했구나."

부자연스러울 정도로 담담하게 말한 뒤에, 안고 있던 강아지를 바닥에 내려놨다.

"……이봐, 페이나."

"괜찮아, 시 님. 죽이지는 않을 테니까."

걱정이 돼서 말을 걸었더니, 페이나는 차분한 목소리로 그렇게 말했다.

화가 난 건 틀림없어 보이지만, 정신을 잃을 정도는 아닌 것 같다.

"저기 시 님. 여기 온천을 관광지로 만드는 건 완전히 포기했다고 생각하면 되는 거지?"

"……그래. 그럴 생각이야."

"그렇구나. 그럼 마침 잘됐네."

혼자서 납득한 것처럼 중얼거린 뒤에, 페이나가 걸음을 옮겼다.

"잠깐 갔다 올게. 아, 시 님은 따라오지 말고."

별로 보여주고 싶지 않으니까.

라고.

그렇게 말하고는, 페이나는 혼자서 산 정상에서 아래쪽으로 내려갔다.

'보여주고 싶지 않다니, 저 녀석, 설마……'

시온이 눈치챈 것과 동시에,

"페이나 녀석, 그걸 하려는 건가."

"그렇겠지."

"이게 얼마만이지."

이브리스, 나기, 아르셰라도 페이나의 생각을 눈치챈 것 같았다.

열 명으로 구성된 용병들은 발을 맞춰서 산을 올라갔다.

그들은 근처 영지의 영주가 고용한 자들이었다.

목적은 온천지 조사.

그 영주는 예전부터 온천 사업에 눈독을 들이고 있었고, 지금까지 몇 번이나 조사대를 파견했었다.

하지만 결과는── 전부 실패.

소수 인원의 조사대는 마수 무리가 나타나자 손도 써보지 못하고 도망쳤다.

짜증이 난 영주는 돈을 들여서 마물 토벌이 특기인 용병들을 모았고, 즉석 부대를 결성했다.

그들은 이번 한 번을 위해 구성된, 돈을 주고 불러 모은 용병집단.

이미 선금을 받았고, 그 돈으로 충분한 장비도 갖췄다.

하지만 만전의 준비를 갖추고 산으로 간 그들을 기다리고 있던 것은, 마수 한 마리 나오지 않는 김빠지는 상황.

어떤 자는 편하게 큰돈을 벌 수 있게 됐다고 기뻐했고, 어떤 자는 싸울 기회를 놓쳤다고 탄식했고, 그리고 어떤 자는—— 겨우 발견한 작은 마수를 반쯤 장난으로 다치게 해서 어미 마수를 불러들이려고 했다.

돈을 노리고 모였을 뿐인 오합지졸들이다 보니 통솔된 의지 따위는 없고, 동상이몽 같은 생각을 품은 채로 정상을 향해 걸어가고 있다.

하지만.

정상까지 10분쯤 남은 곳에서, 그들의 발이 멈췄다.

"⋯⋯응?"

"조심해, 뭐가 있다."

"뭐야 저거?"

산길 앞쪽에—— 마수 한 마리가 있었다.

네발짐승.

늑대와 비슷하게 생겼지만 그 체모는 노란색에 가까운 밝은 색이었다.

그 마수는 길 한복판에 서서 그들을 내려다보고 있었다.

마치—— 그들의 앞길을 가로막으려는 것처럼.

"흥. 이제야 마수님이 나오셨나."

"잘됐네, 잘됐어. 이대로 가다가는 기껏 새로 장만한 무기를 그냥 놀릴 뻔했는데."

"이봐 방심하지 말라고. 사전에 얘기한다고 가자."

"하하하. 웃기지 말라고. 겨우 마수 한 마리 상대로 일일이 대
열까지 짤 필요는 없잖아."

"동감이야. 저런 건 혼자서도 충분해."

"그럼 누가 할 건데?"

농담을 주고받는 용병들.

그런데,

"이봐…… 혹시 저 늑대, 어제 네가 칼로 베고 도망치게 해줬다
는 그 강아지 어미가 아닐까?"

"호오…… 그렇군. 그 똥개 자식, 제대로 어미를 찾아서 질질
짰나 보네. 크하하. 그 조그만 놈이 나름대로 잘 해줬는데 그래."

용병들 중에서 유난히 체격이 좋은 사내가 한 걸음 앞으로 나
섰다.

"너희는 건드리지 마. 저놈은 내 사냥감이다."

남자는 등에 메고 있던, 사람 키 정도 되는 대검을 뽑았다.

대검 칼날 옆면에는 수많은 흠집이 나 있지만, 칼날은 아주 날
카로워 보였다. 손질이 잘 돼 있어서, 이가 빠진 곳은 찾아볼 수
도 없다.

수많은 수라장을 함께 헤쳐 나온, 남자의 애검이다.

"새끼의 복수를 하러 왔을까, 아니면 그냥 침입자를 쫓아내러
왔을까…… 뭐, 어느 쪽이건 상관없지만."

남자가 애검을 겨눴다.

"오랜만에 마수 사냥이다. 실컷 즐기게 해달라고."

대감을 겨누고 한 걸음 앞으로 나서—— 기 직전.

휭, 하고.

뭔가가 남자 옆으로 지나갔다.

그것은 남자가 한쪽 발을 들었다가 내려놓는 사이에 일어난 일.

그 움직임을 제대로 본 자는 단 한 명도 없었다.

"어……? 뭐, 야……? 그 자식, 어디로 갔어……?"

남자는 일단 정면에 있었던 늑대가 사라졌다는 것 때문에 곤혹스러워했다.

그리고, 직후——

"야…… 너, 너…… 어떻게 된 거야, 그거……?"

뒤쪽에 있던 한 사람이, 떨리는 목소리로 남자에게 물었다.

"뭐? 그거가 뭔데?"

"뭐긴…… 그, 칼 말이야."

"칼? 내 검이 어쨌——?!"

손가락으로 가리켜서 지적하자, 남자도 그제야 알아차렸다.

없다.

칼날이, 사라져버렸다.

남자가 쥐고 있던 자루와 폭이 넓은 칼날의 밑동 부분은 남아있지만, 날 부분이 거의 사라져버렸다.

절단면은—— 무시무시할 정도로 깔끔했다.

예리한 날로 잘라버렸다든지, 그런 수준이 아니다.

마치 처음부터 그런 모양이었던 것처럼, 남자의 대검은 날 대부분이 사라져 있었다.

"뭐, 뭐야 이거어어어……?!"

애검의 무참한 모습을 보고 경악한 남자가 절규했다.

"어, 어떻게 된 거야?! 내, 내, 검이……."

"……으, 으아악!"

직후.

뒤쪽에 있던 용병들도 비명에 가까운 소리를 질렀다.

발견했기 때문이다.

정면에 있었던, 황금색 늑대를, 자신들 뒤쪽에서.

"이, 이 자식…… 어느새……."

"야…… 설마, 저 입에 물고 있는 거……."

비명을 지른 이유는 늑대가 갑자기 뒤쪽에 나타났기 때문──만은 아니었다.

늑대의 입.

거기에 있는 것은── 대검 칼날.

덩치 큰 남자가 쥐고 있는 칼의 날 부분을, 늑대가 물고 있었다.

그리고──

쨍, 하고.

주저 없이, 사정없이, 마치 과시하는 것처럼, 늑대는 칼날을 물어서 부숴버렸다.

강인한 쇠를 두드려서 만든 칼이, 늑대가 한 번 깨물었더니 산

산이 부서져 버렸다.

크르르——

으르렁거리는 소리와 함께, 늑대가 칼의 잔해를 뱉어버렸다.

"힉······."

"으, 아아······."

"뭐, 뭐야, 저거······?!"

용병들의 얼굴은 하나같이 공포에 지배당한 표정이었다.

일부는 당장이라도 엉덩방아를 찧을 것 같은 분위기였지만,

"큭······ 거, 겁먹지 마!"

"조심해라! 저 늑대, 보통 마수가 아니다!"

"진정해! 빨리 무기를 들어! 작전대로 가자!"

몇 명이 용감하게 구령을 외쳐서 집단을 고무시켰다.

그 목소리 덕분에 도망치려고 하던 자들의 눈에도 전의의 불길이 피어났다.

무기를 들고 대열을 짜—— 려고 했지만.

이미, 너무 늦었다.

아니.

설령 늦지 않았다고 해도—— 그들이 처음부터 경계심을 발휘하고 진심으로 싸우려 했어도, 결과는 달라지지 않았을 것이다.

압도적이고 절대적인 역량 차이는, 전혀 달라지지 않았을 것이다.

휭, 하고.

또다시 한 줄기 바람이, 용병들 사이로 지나갔다.

그것은—— 늑대의 질주였다.

눈에 보이지도 않는 속도로, 늑대는 그들 사이를 누비는 것처럼 달려갔다.

그리고 조금 전과 마찬가지로—— 그들의 무기를 노렸다.

이번에는 하나뿐만이 아니었다.

그 이빨과 발톱으로 그들의 무기를 전부 빼앗고, 파괴했다.

그들이 대열을 다 짰을 때는——

더 이상, 그들의 손에는 무기가 남아 있지 않았다.

그 모든 무기를 무참하게 물어서 부수고 발톱으로 갈라버려서, 단 하나도 무기로서의 원형을 유지한 것이 없었다.

"뭐야."

"힉…… 으, 아……."

"……으, 으아아아……."

"사, 살려……."

처음에는 경악하고, 그리고 바로 절대적인 피아 전력 차를 자각했다—— 아니, 강제적으로 자각하게 만들었다.

공포와 절망에 짓눌려서 꼼짝도 못 하는 용병들.

그때, 늑대가 천천히 발을 옮겼다.

"……꺼져라."

라고.

예리한 이빨 사이로 인간의 말이 흘러나왔다.

"어리석은, 인간 놈들……!"

늑대의 입에서 격렬한 분노의 말이 나온 것과 동시에, 그 몸에서 엄청난 마력이 뿜어져 나왔다.

체모가.

밝은 노란색처럼 보였던 체모가 금색에 가까운 색으로 빛났다.

눈부신 빛을 내뿜는 늑대는 방대한 마력을 해방한 것과 동시에, 그 몸이 서서히 거대해져갔다.

금색 늑대는 마침내 사람 정도는 통째로 삼켜버릴 수 있을 정도로 거대한 몸이 됐다.

그런 괴물과 대치한 용병들은 지금껏 맛본 적 없는 공포가 뼛속까지 파고들었고, 전율하며, 그 자리에서 꼼짝도 못 했다.

"여기서, 꺼져라……!"

격노해서 외친 직후, 거대한 입에서 무시무시한 포효가 튀어나왔다.

소리의 충격 덕분에, 꼼짝도 못 하던 용병들은 겨우 몸이 마음대로 움직이게 됐다.

정신을 차린 남자들은, 비명을 지르면서 앞다퉈서 도망쳤다.

페이나는 약 10분 만에 돌아왔다.

"후후후, 쫓아내고 왔어~."

상당히 기분이 좋아 보인다.

"……그 모습으로 돌아간 건가?"

"응. 그렇지 뭐."

그 모습이란──늑대 모습이다.

금색 체모를 지닌, 전설의 마랑.

반불을 꿰뚫어버릴 것만 같은 눈빛과 예리한 이빨과 발톱. 강대하고 강인한 체구.

그 모습을 보는 모든 이에게 두려움을 안겨줄 것만 같은, 잔인하고 흉악한 짐승의 모습——

"그래도 뭐, 겉모습뿐이었어. 기절이라도 하면 곤란하니까 마력은 많이 억눌렀다고 할까. 뭐, 시 님의 위협을 흉내 좀 내봤지."

아무래도 페이나는 원래 모습을 과시해서 용병들을 쫓아낸 것 같다.

시온과 마찬가지로, 위협이라는 방법으로 적들을 산에서 추방한 것이다.

"후후. 이 아이 원수를 갚고 싶어서, 연기도 조금 하면서 괴롭혀줬지. 『어리석은 인간 놈들』 같은 소리도 하면서, 이 산의 터줏대감 행세도 했고. 후후후. 그놈들 엄청나게 겁먹은 것 같으니까, 다시는 이 산에 얼쩡거리지도 않을 거야."

"…………."

"아. 그래도 안심해. 아무도 안 죽였으니까. 무기는 부숴버렸지만."

"……그랬구나. 그럼 다행이고."

아니, 다행인가?

시온은 고민했다.

마음속으로는 조금이나마 용병들을 동정하고 있었다.

전설의 마랑과 대치한 것만 해도 상당히 무서웠을 텐데, 거기다가 공포를 부추기는 것 같은 짓까지 했다면…… 아마 평생 동안 남을 트라우마가 됐겠지.

다시는 마수를 상대로 싸울 수 없을지도 모른다.

"도시까지 도망쳐서 말이야, 열심히 소문을 퍼트려줬으면 싶어. 『저 산에는 엄청난 괴물이 있다〜』하고. 그러면…….'

그렇게 말하고, 페이나는 발밑으로 다가온 강아지를 들어서 안았다.

"이제 다시는, 얘를 괴롭히는 일도 없겠지."

"……그렇구나."

의기양양하게 웃는 페이나를 보고, 시온도 그저 웃는 수밖에 없었다.

마소 농도 샘플을 제출하면 이곳이 관광지 개발에 적합하지 않다는 사실이 이 일대에 알려질 것이다.

그리고 엄청난 괴물이 있다는 소문까지 퍼지면, 개발할 생각을 하는 자는 아예 사라져버리겠지.

개척의 상금도 취소되고, 사람들이 이 산에 다가오는 일도 없어질 테고.

"에헤헤〜. 잘 됐다〜 이제 괜찮아〜."

페이나는 강아지가 사랑스럽다는 것처럼 볼을 부볐지만,

"어…… 뭐야, 어라?! 왜, 왜 그러니……?"

직후, 지금까지 페이나를 잘 따르던 강아지가 갑자기 품 안에서 날뛰기 시작했다.

품에서 빠져나와 땅에 내려오더니, 그대로 뒤도 돌아보지 않고 달려갔다.

　달려간 곳에 있는 것은—— 마견 무리였다.

　나무들 사이에 숨어서, 이쪽을 엿보고 있다.

　달려간 강아지는 무리 중에서 가장 큰 마견 쪽으로 갔다. 그랬더니 그 마견도 사랑스럽다는 것처럼 강아지의 털을 핥아주기 시작했다.

　"저 아이, 엄마랑 가족들인가……?"

　"그런 것 같은데."

　위협의 효과가 다 돼서 이 산으로 돌아온 걸까.

　아니면—— 뒤처진 자식을 찾기 위해, 용기를 짜내서 돌아온 건지도 모른다.

　무리로 돌아간 강아지는 아주 힘차게 뛰어다니고 있다.

　"왠지…… 엄청나게 기뻐 보이네."

　페이나는 복잡한 표정이었다.

　"뭐야, 기쁘지 않은 거야?"

　"아니, 기쁘긴 한데…… 그래도, 저렇게 뒤도 돌아보지 않고 뛰어가니까 여러모로 복잡하다고 할까. 나랑 보낸 시간은 대체 뭐였던 건지……."

　"너와 보낸 시간이라고 해봤자…… 겨우 하룻밤이잖아."

　"나…… 헤어질 때는 마음 굳게 먹을 거라고 각오했었는데. 울면서 매달리는 저 아이한테 『너 같은 거 정말 싫어! 빨리 가족들 있는 데로 가!』라고 연기까지 하면서, 저 아이를 보내주려고 했는데……."

"······그런 생각도 하고 있었나."

"그랬는데······ 저렇게 열심히 돌아가다니. 나랑 보낸 시간은 장난이었던 거냐, 이 나쁜 놈아! 겨우 하룻밤의 불장난이었던 거야!"

이상하게 분노하는 페이나.

"그렇게 슬퍼할 필요는 없잖아."

달래는 것처럼, 시온이 말했다.

"가족과 함께 있는 게 제일이니까."

"응······ 그러게."

페이나는 고개를 끄덕이고 살짝 미소도 지었다.

"하아~ 역시 딴생각 하지 말라는 얘기구나~. 난 역시······ 시님을 열심히 귀여워해 줘야겠다."

장난스레 말한 뒤에 갑자기 끌어안으려고 해서, 시온은 황급히 회피했다.

"하지 마. 난 개가 아니야."

"우~ 시 님 쪼잔해~."

"그만 하세요 페이나. 시온 님이 싫어하시잖아요?"

"그렇다. 주군을 개 취급하다니, 이 무슨 불경이냐······."

불만이라는 표정의 페이나와 거기에 주의를 주는 아르세라와 나기. 이브리스는 난 모르겠다는 것처럼 하품을 했다.

시온은 깊은 한숨을 내쉰 뒤에── 마견 무리 쪽을 봤다.

"······미안했다."

사과의 말을 했다.

말이 통하지 않는다는 건 알지만, 그래도.

"너희가 사는 곳에 쳐들어와서 위협하고 내쫓아서, 정말 미안해. 하지만…… 나난 살 테니까. 더 이상 너희들의 삶을 방해할 생각은 없어. 그리고 아마도…… 앞으로 다른 인간들이 이 산에 오는 일도 없을 거야. 안심하고 살았으면 좋겠다."

그리고, 시온은 이렇게 덧붙였다.

"만약 용서해준다면, 또 온천을 빌려줬으면 싶어."

마견 무리는 대답하지 않았다.

짖는 소리 한 번 내지 않고, 숲속으로 사라져버렸다.

"……전해졌을까?"

"글쎄~ 전해졌으면 좋겠네."

페이나가 말했다.

"마수한테 그런 소리를 다 하고…… 도련님은 정말 착실하다니까."

"역시 나리마님이시다."

씁쓸하게 웃는 이브리스와 공손하게 칭찬하는 나기.

"……또 오도록 하죠, 시온 님."

아르셰라의 말에 시온은 "그래"라고 말하며 고개를 끄덕였다.

"자, 그만 갈까."

우리 집으로.

라고.

시온은 그렇게 말했다.

그들은 각자 짐을 들고 이동하기 시작했다.

짧은 여행을 마치고, 가족이 함께 사는 집을 향해.

신동용사와
메이드 누나

Genius Hero and Maid Sister

작가 후기

소설가가 되는 사람은 혼자 있는 걸 좋아하는 사람이라고 여겨지는 경우가 많습니다. 솔직히 저도 굳이 따지자면 혼자서 묵묵히 일하는 걸 좋아하는 인간입니다. 다른 사람의 지시를 받는 것도 다른 사람을 부리는 것도 못 하는 타입이고, 그래서 작가가 되고 싶었다고 할 수 있습니다.

혼자 있는 게 좋다. 하지만 혼자 있는 게 좋은 것과 혼자가 돼버리는 것은 또 다른 이야기라고 생각합니다. 혼자 있는 시간은 소중하지만 고독을 좋아하는 건 아닙니다. 친구도 가족도 친척도 없는 진정한 의미에서의 고독이었다면, 틀림없이 『혼자가 좋다』는 팔자 좋은 소리는 못 했을 것 같습니다. 진정한 의미에서 혼자가 아니기에 『혼자가 좋다』고 말할 수 있는. 그건 정말로 행복한 일이 아닐까요.

그나저나…… 사실 소설가는 의외로 커뮤니케이션을 잘 하는 사람도 많습니다. 『작가 따위는 하나같이 말도 못 하고 음침한 인간들이잖아』라고 생각하면서 데뷔했는데, 의외로 밝고 사교적이고 제대로 된 상식적인 사람이 많다고 할까, 인기 있는 분들은 거의 그런 느낌이라고 할까……. 그리고 편집자분께서도 『이쪽 업계는 인간성이 가장 중요합니다』라고 말씀해주셔서, 뭐야 얘기가 다르잖아, 하고 생각했다나 뭐라나…….

그렇게 해서 노조미 코타입니다.

신동이라고 불렸던 용사와 메이드 누나들의 이야기 제4탄. 이번에는 배틀은 쉬고 일상 코미디가 메인이었습니다. 뭐, 한마디로 온천 이벤트를 쓰고 싶었습니다. 더 솔직히 말하자면 온천 이벤트 일러스트를 그려주셨으면 싶었습니다.

그럼 여기서부터는 공지사항.

일본에서는 4권과 동시에 오디오 드라마도 발매합니다! 자세한 내용은 공식 홈페이지와 4권 띠지에서(주 : 일본어판에만 해당되는 사항입니다)! 그리고 만화판도 일본의 코믹 얼라이브에서 호평 연재 중! 곧 단행본도 나올 예정이니까 잘 부탁드리겠습니다.

이하 감사인사.

담당 편집자 T님. 이번에도 신세 많이 졌습니다. 그러니까……뭐라고 할까, 정말 신세 많이 졌습니다. 앞으로 조심하겠습니다……. 일러스트레이터 퐁키치 님. 이번에도 훌륭한 일러스트를 그려주셔서 감사합니다. 매번 매번, 컬러도 흑백도 정말 대단해서 감동하고 있습니다.

그리고 이 책을 구입해주신 독자 여러분께 최대급의 감사를.

그럼, 인연이 있으면 또 뵙겠습니다.

노조미 코타

Back Style

나 기
Nagi

이 브 리 스
Ivlis

Character Design

Genius Hero and Maid Sister.

풍키치 선생님이 그려주신 메이드 네 명의 마족 모습, 캐릭터 디자인을 소개!

Feina

Alsheera

신동용사와 메이드 누나

Genius Hero and Maid Sister.

다 음 페 이 지 는

원작: 노죠미 코타 ✕ 만화: 뿅키치

원작 콤비가 그린

판촉용 4컷 만화

특별 수록!!!

Presented by Kota Nozomi

Illustration = pyon-Kti

2년 전—
거대한 악인
마왕은
용사에 의해
쓰러졌다

당시에 용사는—
10세
규격을 벗어난 재능을
지닌 신동이 세상에
평화를 가져왔다

하지만

사람 사는
곳과 떨어진
깊은
숲에서의
은거생활을
강요당했다

「어떤 사정」 때문에
소년은 용사 칭호를
박탈당했고
왕도에서 추방되고
사람들에게 멸시받고

아르셰라
시온의 시중을 드는 메이드들의 장.
정숙하고 상냥하고
그리고 아주 야한 누나.

시온 님

부탁하신 책을
가져왔습니다.

스윽

아, 고마워.

으

으아아악!

쓰욱

이일
일부러
그런 게
아냐!
책에
정신이
팔려
있어서

어머나?
벌써
만족하셨나요?

사고야!

그러니까

그게...

...미

미안해.

찌이잉~   빠끔   빠끔   •••♡

...다

...다른
것...?

원하신다면...
손이 아니라
다른 것을
넣으셔도...

하앗♥

하앗♥

신경 쓰지 마
저는 시온 니
이 몸을 바친
메이드.
이 몸에 시온
만져선 안 되
따위는 없답ㄴ

하앗♥

하앗♥

으...
으음...

꽈악

이브리스
메이드 중에 한 사람
게뱅이에 농땡이도 많이 피지만
역시 조금 야한 누나.

나기
메이드 중에 한 사람
동방 출신에 고지식하지만
어쨌거나 야한 누나.

페이나
메이드 중에 한 사람
쾌활하고 분방하고
평범하게 야한 누나.

신동용사와
메이드 누나

Genius Hero and Maid Sister.

SHINDOU YUUSHA TO MAID ONEESAN Vol.4
©Kota Nozomi 2020
First published in Japan in 2020 by KADOKAWA CORPORATION, Tokyo.
Korean translation rights arranged with KADOKAWA CORPORATION, Tokyo.

신동용사와 메이드 누나 4

2020년 9월 7일 1판 1쇄 인쇄
2020년 9월 14일 1판 1쇄 발행

저　　　자 노조미 코타
일 러 스 트 풍키치
옮 긴 이 김정규
발 행 인 유재옥
본 부 장 조병권
담당편집 정영길
편 집 1 팀 정영길 김민지 조찬희
편 집 2 팀 김다솜 이본느
편 집 3 팀 오준영 곽혜민 김혜주
미　　　술 김보라 서정원
라이츠담당 김슬비 한주원
디 지 털 박상섭 이성호 최서윤
발 행 처 ㈜소미미디어
인쇄제작처 코리아피앤피
등　　　록 제2015-000008호
주　　　소 서울 마포구 토정로 222, 403호(신수동, 한국출판콘텐츠센터)
판　　　매 ㈜소미미디어
마 케 팅 한민지 이주희 우희선
물　　　류 허석용
전　　　화 편집부 (070)4164-3962, 3963 기획실 (02)567-3388
　　　　　　 판매 및 마케팅 (070)4165-6888, Fax (02)322-7665

ISBN 979-11-6507-982-6 04830
ISBN 979-11-6507-026-7(세트)